Kadokawa Fantastic Novels
U0026143
本田小狼與我
トネ・コーケン
插畫：博
Super Cub
TONE KOKEN
Illustration：HIRO
1

她留著妹妹頭，臉蛋帶著一抹淡淡的蘋果色。
要說是美少女，她的雙眼又顯得小而俗氣。
——小熊
koguma——
這個女孩也只會讓人帶有
「鄉下女學生」這樣的印象。

擁有高挑身材和一頭長髮，
是個難以親近的冰山美人。
她們倆是不同類型的人。
小熊並不喜歡禮子。
──禮子 reiko──
「我也是騎機車上學。
妳要看嗎？」

本田小狼與我

Super Cub
TONE KOKEN
Illustration：HIRO

1

トネ・コーケン
插畫：博

Kadokawa Fantastic Novels

Super Cub
contents

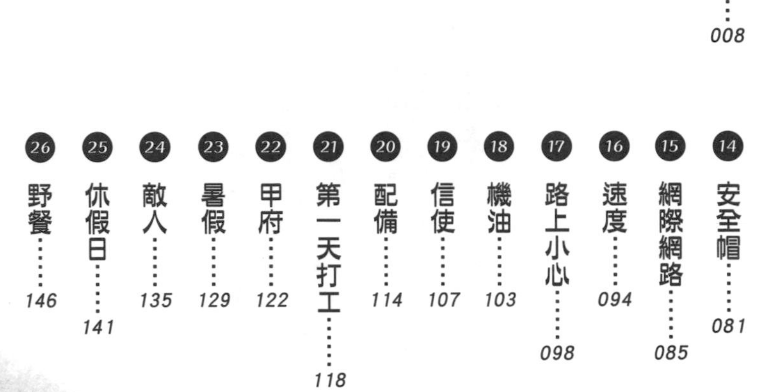

1 一無所有的女孩子

山梨縣北杜市。

由中央本線的日野春車站延伸而出的下坡，越過國道後就會變為平緩的上坡。

有一名少女在初夏的陽光下踩著腳踏車。

身材嬌小的她，在制服底下穿著運動服。

她留著妹妹頭，臉蛋帶著一抹淡淡的蘋果色。要說是美少女，她的雙眼又顯得小而俗氣。即使人在東京或神奈川的郊外，這個女孩也只會讓人帶有「鄉下女學生」這樣的印象。

少女名叫小熊，這個名字就像是要讓她土裡土氣的外表變得更土一樣。但就算想跟取名的人抱怨，也辦不到了。

因為高二的小熊無依無靠、孤苦伶仃。

她的父親在小熊出生後不久便因意外過世，母親則是一點一滴消耗著父親為數不多的遺產來把小熊帶大。這樣的母親，在小熊升上高中後隨即留下一張宣告失蹤的紙條，

一副任務已了似的消失無蹤。

成為高中生後，小熊便忽然失去了至親。由於父母是以接近私奔的形式結婚，和祖父母很疏遠。而他們也早已仙逝，小熊並沒有能夠投靠的親戚。

她和自己就讀的高中及地方政府商量之後的結果，將接受助學貸款給付，能夠繼續在目前的學校讀書。

小熊好不容易通過了為進行學貸審查而辦的學力測驗，暫時能度過一段平穩的生活讓她鬆了口氣。母親雖然現在已不見蹤影，但小熊姑且也感謝她沒有將自己生成一個蠢蛋。

遭到唯一的母親所拋棄的悲傷，在連續劇或漫畫當中往往會被強調，卻淡薄到連小熊自己都感到吃驚。

她和母親從以前就過著鮮少交談的生活。她並非討厭母親，而是因為小熊是個對人不抱有執著的少女。

她在班上沒有足以稱作朋友的親密同學，也未參加社團活動，就連個像樣的興趣都不存在。

小熊從來不覺得，這個徹頭徹尾一無所有的生活，有任何不便之處。

在經由鄉鎮市區合併成為北杜市之前，這兒是叫作武川村的地方。愈是逐漸接近當時的中心位置，上坡就慢慢變得傾斜。

小熊使勁踩著踏板，她這輛淑女車是花了一萬圓在隔壁鎮上的大賣場買來的。和她就讀同一所高中的學生，騎著公路自行車從旁超了過去。

要是能過著那種活力十足的高中生活，或許很有意思吧——小熊略略心想。她現在是靠著無息學貸過活的身分。除了學費，貸款還會支應她省吃儉用便能勉強度日的生活費。放在淑女車前置車籃的書包，裡頭的便當也是每天早上自己做的。倘若生活中有需要，她有著足以換一輛腳踏車的儲蓄，但她實在不願意將存款統統花在那種地方。

慢慢接近學校了。馬上就要到打預備鐘的時間了。四周和她穿著相同制服的學生們愈來愈多。

學生們或是騎腳踏車，或是步行，不然便是搭乘開往校門前站牌的市區巴士。小熊連巴士月票錢都省了下來，不過並非有特別的目的。

近來，她開始注意到自己空無一物這件事。

由於她舉目無親，而且對別人不怎麼關心，所以沒有朋友。她也並未訂立高中畢業後的目標。算得上生活樂趣的，頂多只有在房間裡聽聽廣播，或是看著地圖進行一場空

想旅行這種省錢的消遣方式。

隨著一陣刺耳的聲音，輕型速克達輕快地從小熊身邊呼嘯而過。由於小熊就讀的這所公立高中位於坡道相當多的土地，學校允許學生利用機車上學，不過僅限於輕機。

小熊看著離去的機車，心想「那個人擁有輕機這項東西」，以及對方和宛如空殼的自己之間的差異。目前自己踩著的腳踏車只是單純的生活工具，對自己並沒有特別的意義。它並不會替自己改變這個空洞的日子。

如果有了那個叫輕機的東西，是否就會產生某種變化呢？小熊如是想。

上完了並不覺得特別有收穫的課，小熊跨上了自己那輛停放在停車場的腳踏車。緊鄰腳踏車停車場的機車停車場當中，停著好幾輛輕機。相對於學生數目而言，並不算太多。

北杜這座城鎮位於南阿爾卑斯山麓。這塊地方的冬天要比關東地區來得久又冷，不但會積雪，路面還會結凍，因此輕機並不是什麼太方便的交通工具。

從走路會太遠的地方通學的學生，很多人都是利用巴士。會騎機車的不是住在偏離巴士路線的不上不下之處，不然就是自己歡喜甘願才那麼做。

小熊眺望著並排在停車場上的輕機好一陣子。

自從今天早上被一輛輕機超車以來，她便莫名地在意起輕型機車。就小熊的知識，只知道那東西要價不菲，不是靠存下來的學貸所買得起的。

小熊跨上腳踏車離開停車場，向遠離市區、有著別墅和高爾夫球場的上坡邁進。那兒和她所居住的公寓——通往日野春車站一帶的下坡正好是反方向。

她並不是特別想去哪裡。只是比起日野春七里岩那座每天放學後都要折磨自己的陡坡，這邊的平緩坡道看似比較好爬。

又或許是，有某種東西可以讓她不用再煩惱這種坡道。

沿著河川騎了好幾公里，小熊將腳踏車停在一棟建築物前面。

那是一棟和周遭有些不搭調的藍色雙層鋼筋建築。看板上畫著機車的圖片。這是從前小熊想稍微散散心時，騎著腳踏車四處閒晃而發現的機車行。

南阿爾卑斯群山連綿的夾縫裡，有一座人們在當中的溪谷定居下來的北杜鎮。這塊土地無論上哪兒去都得被迫爬坡，實在非常不適合騎腳踏車兜風。自從知曉這件事後，小熊便只有通學或購物時會騎車了。

晃到往常不會去的地方，小熊望起陳列在中古車行的一輛輛機車。

2 我買了Cub

看到掛上標價排列在店家的機車，小熊只知道光憑自己的儲蓄絕對買不起。到頭來，一時鬼迷心竅忽然想要的輕機，似乎也無法改變一無所有的自己。

小熊跨上腳踏車，意圖結束這段僅是自討沒趣的繞路行程，於是中古車行裡頭有人走了出來。

對方身穿白色連身工作服，頭髮剃得光光的。他的面容雖刻劃著足以稱為老爺爺的皺紋，卻擁有一雙如同少年般小而渾圓的眼睛。

「是客人嗎？」

這個老爺爺儘管寡言，口氣卻比那副衰老的外表還要清楚明瞭，嗓音令人感到莫名討喜。小熊這個人，就算有人在街上發傳單或面紙過來她也不會收下，而是直接離去。這樣的她原本打算不發一語地默默離開店裡，不過卻從剛騎上的腳踏車下來，回答老爺爺說：

「我本來想要一輛輕機，可是我的錢似乎完全不夠。」

過著獨居生活，總會學到幾招拒絕推銷的方式。假使打從一開始就不予理會是最好的方法，那麼次佳的就是「我沒錢」這句話。小熊以為，這個老爺爺八成會把自己當成是來閒逛的，然後速速趕人。

意外的是，老爺爺端詳了小熊的臉龐，隨後立刻別開臉說：

「如果妳不嫌棄中古車的話。」

這些陳列在店裡頭的機車，都打磨得十分漂亮。車上所掛的牌子標示了年份、里程數，還有價錢。

這些車的價格從數萬到十幾萬圓都有。

這個老爺爺所說的話總令她覺得事有蹊蹺。小熊雖想當場走人，之所以沒那麼做，是因為她開始覺得，這個以服務業來說相當不會講話，又不正眼瞧人的老爺爺，或許和自己是同一種人。店裡頭也看不到其他像是工作人員的人。

小熊一聲不吭地等待老爺爺繼續說下去。即使現在沒辦法在這家店買車，但若是往後要存下學貸或打工，再到甲府或松本一帶的大型機車行購買優良中古車，那麼最好擁有商品相關知識。

既然如此，在此和這位奇妙的老人談談，或許也不吃虧——小熊試著對自己辯解。

老爺爺默默繞到車行後方，推了一輛機車過來。小熊大約明白了一半，老爺爺口中那句「如果妳不嫌棄中古車的話」代表什麼意思。

這輛輕型機車和陳設在店頭的仿賽型或越野車不同，也和停放在校內停車場的速克達不一樣。

這是一輛拿來送報紙或外賣，還有派出所用的輕機，就連小熊也很熟悉。它是被稱作Super Cub的交通工具。

並非腳踏車這種單純的生活用品，而是能為自己的日子帶來某種變化的事物——小熊心懷期待前來看車，結果眼前的輕機就只是工具，除此之外什麼也不是。大概是在後方風吹日曬的關係，車子顯得極度骯髒。

老爺爺拿抹布擦拭滿是塵埃的座墊後，看向小熊。是要我坐坐看的意思嗎？——腦中如是想的小熊，內心只湧現出「縱使坐在這種東西上頭也不會有任何收穫」的感想。

老爺爺似乎感受到小熊覺得畏怯，於是他低頭看向Cub的儀表板說：

「一萬圓。」

小熊拍了拍穿著運動褲的臀部，毫不猶豫地跨上了Cub。

等坐上去之後再拒絕也不遲。倘若藉由和現在騎乘的腳踏車相仿的花費，便能將自己從那座累人的上坡解放，或許也不壞吧——小熊開始這麼想了。

Cub以主腳架立了起來。小熊坐在座墊上，握著轉向把手，並將腳放在左右兩側的置腳桿上。

風兒輕撫著小熊的臉頰。

機車停在原地，且天候風平浪靜，根本不可能吹起風來。假如當真騎著它奔馳在路上，會是什麼樣的感覺呢？

小熊望著老爺爺的臉說：

「我要買這輛車。」

語畢，小熊便注意到事情顯得很不自然。雖然她不曉得這輛叫作Cub的輕機一般中古價格是多少，但未免太便宜了。

仔細瞧瞧這輛自己騎乘的Cub，儘管蒙上了一層灰，底下塑膠殼的綠色塗裝依然是全新的。一看儀表板上的里程數，才跑了五百公里多一點而已。

最重要的是，老爺爺並未露出一臉逮到肥羊的表情。他不和小熊對上眼，連陪笑也沒一個。看起來甚至像是不太想賣掉這輛Cub的樣子。

小熊決定開門見山地問問看。

「為什麼它只要一萬圓呢？」

老爺爺依舊低垂著視線說：

「因為它害死過人，而且還是三個。」

小熊對於幽靈和超自然現象，懷抱著像一般人一樣的情感。儘管未曾看過受詛咒的物品，但她認為即使有也不奇怪。像此時這種會讓自己成為第四名犧牲者的風險，在至今的生活中她都會避開。

「不要緊，我要買下來。」

老爺爺抬起了目光，交互看著Cub和小熊好一陣子。看來也像是腦袋跟不上「在一場被拒絕也理所當然的商談，得到了意料之外的回應」這個狀況。

他遠離一步，將小熊和Cub納入視野的框架中眺望，而後開口說道：

「進來。」

小熊跟著走進店裡的老爺爺一塊兒進去了。店裡頭意外整理得井然有序。老爺爺邀小熊在桌前的鐵管椅坐下，並從背後的文件架抽出了好幾張紙來。

所謂的輕型機車並不像腳踏車一樣，可以買了之後當場騎回家。依照老爺爺所說，小熊在文件上簽字，並請他製作了要提交給公所的書面資料。

這時小熊才發現自己並未持有輕型機車駕照。於是她在日野春隔壁的長坂車站附近的駕訓班，接受了山梨縣的駕照申請者都有義務參加的技能講習，並在鄰近的北杜警察局請教了進行筆試和交付手續的方法。

老爺爺還免費送了一本變得略顯泛黃的筆試題庫給小熊。儘管那是本陳舊到不知何年何月之物，但根據老爺爺所言，筆試的題目一直都沒有改變，因此題庫的內容也同樣不分新舊，都一模一樣。

數天後，小熊拿著和駕照相比，顯得相當輕易便交付給她的車牌還有駕駛執照，搭巴士到那間車行去了。回程她打算騎著自己的機車上路。只見那位老爺爺在車行前駝著背，打磨著綠色的Cub。

原本灰頭土臉的Cub變得煥然一新，電鍍層的反射相當耀眼。老爺爺抬起目光看到了小熊的模樣，不過依舊沒有給予一個討好的笑臉。

小熊將款項連同車牌和各種文件一起交給了他。登錄是小熊自行處理的，而老爺爺也並未收取製作文件等的手續費，但費用在商業保險及互助保險的疊加之下，使得小熊最後幾乎花光了從學貸中累積起來的存款。

跨坐在請老爺爺安裝好新車牌的Cub上，小熊望著他。她原本打算道個謝，但更重要的是，得詢問老爺爺如何啟動引擎，還有雙腳下那兩根像桿子一樣的東西怎麼操作。

小熊正要開口提問時，老爺爺搶了她的話說：

「妳的安全帽和手套呢？」

這老爺爺真是不會掌握和人交談的時機。小熊之所以對此抱有親近感而非煩躁，會是因為這輛剛成為自己所有物的閃亮Cub，令她雀躍不已的關係嗎？總之比起學習操縱方式，她先回答了老爺爺的問題。

「我有帶來喔。」

小熊拿出來的，是學校指定的腳踏車通學用安全帽。

那頂像是工地用的白色安全帽，上頭寫著校名。為數不多的輕機通學的學生，多半都是戴著它了事。

小熊還和安全帽一塊兒亮出了她在學校福利社所購買的工作手套。

老爺爺說了句「妳稍等一下」便走進店裡，之後雙手抱著某些東西回來了。那是一頂白色的半罩式安全帽和黃色的皮革手套。

他將安全帽及手套遞給小熊。

「這些東西害死過幾個人呢？」

迄今從未笑過的老爺爺，臉上展現了看似笑容的表情。

「這是全新的，就是所謂的促銷優惠。」

店裡頭張貼的海報，上頭寫著「現在購買的客人，將送您安全帽一頂」。沒記錯的話，海報裡穿著泳裝的藝人，如今已屆鶴髮雞皮之年。

戴上安全帽及手套的小熊，在老爺爺的教導下發動了引擎。她推起腳架，同樣邊學邊踩入一檔，轉動節流閥把手。

Cub動了起來。小熊心懷不曉得做不做得到的想法，照著老爺爺所教的將把手鬆開並踩下變速踏板，切換到二檔。

儘管Cub重重晃了一下卻也成功變速，讓車子的速度變得像稍微騎快了點的腳踏車一樣。小熊不敢再提升速度，不過她認為現在這樣就很好。

一無所有的孤單少女，就這麼獲得了一輛Super Cub。

初次上路

無父無母亦無朋友，而且還沒有興趣。在這個靠學貸度日的空洞生活中迎來了一輛輕型機車的小熊，心驚膽跳地騎著初次搭乘的Super Cub，總算是抵達家裡了。

她所住的公寓位在中央本線的日野春車站附近。升上高中的同時，她和母親兩人從東京移居至此地，當時是住在北杜市北部的新成屋，不過後來為了要度過學貸生活，便搬到這兒來了。

這棟兩層樓高的女性專用公寓，據說是建造給北杜市裡幾座工廠員工住的。八間單人房的住戶，有著和小熊一樣過著獨居生活，在隔壁車站的高中念書的女孩子，以及幾名女工。

由於大夥兒出門的時間各不相同，因此住戶之間幾乎沒有交流。

雖然這兒的地理位置離車站頗近，但學校位於北杜市合併前的舊武川村中心地帶，由這裡過去稍嫌不便。

由車行經過高中前，再爬上日野春的坡道回去位在車站附近的公寓——這段初次上路的行程，坦白說比騎腳踏車還累人。

小熊將Cub停在公寓停車場。她先是停放在正中央附近正好有空位之處，後來又重新停在從房間的大窗戶所能看見的邊邊。

回到單人房稍作歇息的小熊，打開了窗戶眺望著Cub。那是自己的機車。是展開了現今的生活後，初次獲得姑且可稱之為財產的東西。看著Cub的小熊，轉頭回望房間。

眼前只有床鋪、桌子和少許衣物。近來每當她看到僅有生活用品的房間便會感到不滿足，不過現在有Cub了。暫且回房的小熊拿著抹布從玄關走到外頭去，擦起停車場裡的Cub。

小熊一邊擦著Cub，同時心想下個星期日得到附近的大賣場去，買條裝在機車上的鍊條鎖才行。

雖說是位在公寓腹地深處的停車場，還是令人擔心會遭竊。住在東京那陣子，她母親的腳踏車曾經被偷過，那時她的表情要比責罵小熊還恐怖許多。

騎到幹道旁的大賣場——由車站前騎到幹道那兒的坡道，這樣來回一趟會有多累人呢？心中如是想的小熊，注意到自己已經不用再踩踏板，於是不禁放鬆了表情。

小熊擦亮了Cub，回房喝了從冰箱裡拿出來的麥茶，喘了口氣。這時她發現距離晚

餐還有一點時間，想說再來騎一次Cub看看好了。

她原本要伸手拿丟在房裡的安全帽和手套，手卻又縮了回去。老實說，驅動輕型機車這種交通工具，仍會讓她感到緊張。

至今為止在街上隨處可見的輕機，感覺像是每個人都在騎。從老爺爺的車行返家的這段數公里的歸途，就讓小熊累得半死。

雖然她好不容易學會了打到三檔的方式，卻只敢騎得像稍微快一點的腳踏車那樣。再繼續加速，會令身體感到恐懼。小熊回憶起後方來車陸陸續續從旁超越自己的狀況，身子略略一顫。

小熊重新體會到，平時看到的那些送報生、外送員，或是騎機車通學的人，原來他們都在做這麼了不起的事。儘管小熊不認為花光學貸的儲蓄買車是個錯誤，但她也開始覺得「或許它並不是一輛魔法坐騎，能夠帶自己到任何想去的地方」。

如同腳踏車會消耗肉體的熱量，機車則是必須承受與距離和速度相對的精神負擔。看來輕機這樣東西並不是載著自己跑，而是要一同奔馳的樣子。

明天開始再慢慢騎車吧——如此決定的小熊，動手準備晚餐。

於初夏遲來的黃昏中，小熊在房裡吃完冷凍香料飯這種偷懶的晚餐並洗了個澡，而後打開課本完成預習與複習，不過只有快速看過這種程度。

忽然有截然不同的事物闖進了她這陣子規律的生活，似乎使小熊感到勞心傷神，於是她比平時還早上床睡覺了。

小熊在被褥裡醒了過來。

她看向枕邊的鬧鐘，發現才凌晨十二點多，是平常不會起床的時間。想說再睡回去的小熊，在那之前先爬下了床鋪，打開房裡的大窗戶。

這個季節白天稍微有點熱，不過鄰近南阿爾卑斯的高原小鎮，一旦到了晚上便會吹起涼風。小熊從窗邊看著被公寓附近的路燈照亮的Cub。

小熊確認到自己難得存錢買下來的玩具沒有被偷，於是便再次鑽進了被窩，可是卻清醒得睡不著。

她不自覺地回想起白天初次騎乘Cub的恐懼。那並非令人不快的情緒，而是明知道會擔驚受怕，卻想一探究竟的心情。

畢竟好不容易買下了Cub，還是盡快讓自己能夠操控自如比較好吧。如此找藉口的小熊脫下了睡衣，換上學校運動服。

深夜的日野春車站周遭，要比想像中來得更好騎。

即使以人在賽跑般的速度騎乘，由於四下無車，所以也不會被超車。同時，也沒有行人會死盯著她難堪的模樣瞧。最重要的是，晚風很令人舒暢。

原本只想在車站附近晃晃的小熊，回過神來才發現自己從車站騎下了通往國道的山坡。如果以和腳踏車相仿的速度騎，她便不會感到害怕，不過那樣有點不過癮，於是小熊決定稍微加速看看。她回頭騎上了山坡。平時腳踏車總是騎到汗流浹背、雙腳肌肉痠痛的坡道，現在只要右手一扭就爬得上去。她做得到至今力不從心之事。

越過國道後，小熊試著騎到深夜的學校附近當作機車通學的預習，又騎在夜晚車輛依然絡繹不絕的國道二十號線邊緣。一點一滴地增加自己本事的小熊，將Cub停放在二十號線一旁的超商。

她並不是特別需要買些什麼，只是想看看夜裡點著燈的超商罷了。今後她可以自由自在地做到這種事。小熊開始有些覺得「買下它或許還不錯」。這時她踩下了腳踏啟動桿，試圖發動引擎。

Cub的引擎並沒有點著。無論她踩了多少次都沒有發動。心想「早知道就不要買什麼中古車了」的小熊，不知該如何是好。

感覺推著它走會很重。接下來要自己爬上那座坡道回家嗎？還是要在這種時間向車行求助？抑或是請超商保管車子，明天再來拿？最要緊的是，今晚是否回得了家呢？

4 沒油了

小熊想起白天買下這輛Cub時，車行的老爺爺在側邊的箱子裡放了好幾張文件。她利用十圓硬幣轉開螺絲，打開了Cub的側箱。裡頭放有保險文件和說明書。

小熊靠著超商的照明閱讀起說明書。上頭有個「當引擎發不動時」的項目。第一個出現的問題，就是車子沒油了。

至此小熊才想起，輕機這種交通工具是需要加汽油的。她開啟座墊，看向加油孔附近的油量表，發現指針見底了。

小熊照著說明書將手伸進護腿板的圓洞中，把油杯開關轉到「備用」的位置。

等了一會兒後，小熊帶著祈禱般的念頭踩下啟動桿。踩到第三次，Cub的引擎便輕易發動了。將說明書和側蓋恢復原狀的小熊，跨上機車。甫一回神，她才注意到自己滿身大汗。

來到國道的小熊，憑藉從前搭巴士通過這裡的記憶，回想起再走一段路便有加油站的事情，而後騎在夜晚的國道上。一留神她才發現到，自己已經能在不妨礙其他車輛的

狀況下，騎在道路的邊邊了。

這是一家二十四小時營業的自助式加油站，除了小熊之外沒有其他客人。她再度攤開說明書，為Cub加油。加滿需要五百圓多一點。小熊心想：若是走中央本線，是不是能到甲府一帶呢？不曉得這輛Cub可以跑多遠？

她按捺著想嘗試看看的衝動，在初夏早到的黎明來臨前折回國道，爬上通往日野春車站的坡道。回到公寓的小熊停好機車，一進房便躺在地上。

平安無事地回到家了。她深深體會到，這是多麼難能可貴的事情。騎著Cub在附近晃，因為沒油了就把開關切換到備用油料，再加滿油回家。單單僅是如此，便令她覺得經歷了一場小小的冒險。這是迄今為止的生活所沒有的。

唯一可以確定的是，跑了這麼一段路，明天上學自己應該不會再感到害怕了吧。

穿著運動服就直接躺下來睡的小熊，從未如此深眠過。

隔天早上小熊被鬧鐘叫醒，沖了個澡後換上制服。

她將電子鍋預約功能煮好的飯，盛到被同學叫作大飯桶的偌大保鮮餐盒裡，再放上買來囤積的親子蓋飯調理包。這是在評估金錢和工夫後，最有效率的懶人便當。而後她把在家泡好的麥茶裝進水壺。

小熊將課本、筆記、無法上網的手機、錢包、便當、水壺放進了書包裡。她看向房間的窗戶，確認今天的天氣。停放在外頭的Cub映入了眼簾。

將Cub和俗氣的黑色皮革書包互相比較了一陣子後，小熊把書包裡的東西全都倒在床上，拿出了自從在國中森林學校購買後，便一直沒有使用的一日背包。儘管她並沒有悠哉準備的時間，不過還是重新將東西塞了進去。

騎車和走路不同，沒辦法拿著書包。小熊心想「要是像腳踏車一樣，有個籃子可以放包包就好了」，同時望向浴室的鏡子。感覺原色帆布製的背包，為她清一色深藍的老土制服打扮增添了些許色彩。揹起背包走到玄關的小熊，穿上了皮革樂福鞋。這雙鞋子不會妨礙到她踩Cub的踏板。

抱著安全帽來到外頭的小熊，啟動了停放在停車場的Cub引擎。由於昨晚才把油加滿，這樣做並沒有意義，不過她打開了座墊，確認油量表。

小熊決定今後騎車前都要養成查看油量表的習慣，避免再次騎到沒油。因為說明書上寫到需要暖車，儘管距離昨晚騎乘才經過了幾個鐘頭，她依然一板一眼地拿出手機看時間，暖了五分鐘的車之後才起步。

有許多下坡的上學路，騎Cub和腳踏車所花的時間沒有太大分別。只是學校附近那

段短短的上坡會變得頗輕鬆。小熊心想，要爬上日野春車站周遭那段陡坡的回程，鐵定能爬得更輕鬆。

她覺得騎腳踏車和走路上學的同學們，大家好像都在望著自己。這所學校有不少人騎車通學，小熊也認為可能沒有人在注意她。大夥兒或許在笑自己，明明是個高中生，卻騎著像是勞工在騎的輕機——她內心雖略略如是想，不過唯一確定的是，自己過著比昨天還幸福的通學時光。

孤苦伶仃的小熊空洞的高中生活，從今天開始有了Cub。

一無所有的女孩子，此刻起將和世上最優秀的機車一塊兒生活。

好重……

5 騎機車通學

初次騎機車上學的小熊，將Cub插進已經停放了數輛輕機的停車場裡。

感覺好像和至今的腳踏車通學有所不同，又似乎沒有。不過至少她再也不用在這個季節裡踩著腳踏車爬坡，搞得自己一身是汗了。

小熊取下了白底的樸素半罩式安全帽，再脫下與其說是機車用，更像是工作用的黃色外縫線皮革手套。她用手稍微整理了一下，即使戴上安全帽也不會被壓扁的妹妹頭。

小熊抽出Cub的鑰匙，插進位於前叉根部的鑰匙孔，將轉向把手鎖了起來。

現在距離上課的預備鐘響還有一點時間。正打算前往教室的小熊，發現自己手上還拎著安全帽。

雖然不能把它帶到教室去，但她也不願將仍散發著樹脂氣味的全新帽子，丟在Cub的貨架上。

儘管幾乎沒有聽聞學校發生竊盜事件，但腳踏車也一樣，倘若不上鎖就停在站前一帶導致遭竊，那麼有錯的人就不光只是小偷了。

該怎麼辦才好呢，果然還是要帶去教室嗎？如此猶豫的小熊，回憶起昨晚閱讀Cub說明書時的事情。Cub附有安全帽鎖。

找出了貨架底下的安全帽鎖，小熊試著將手上的鑰匙插進去轉了一下。緊閉的鎖桿便發出啪一聲彈了開來。她用手指頭將鎖桿按回去，再度轉動鑰匙後，又應聲開啟了。

雖然是二手Cub，不過使用上不成問題——如此判斷的小熊，拿起安全帽的頤帶試圖將扣具穿過鎖桿，可是卻搆不到。

安全帽鎖位在貨架下的深處，頤帶很難碰到。若是拉長，帽子便會撞到又大又堅固的貨架。小熊換了各種角度，像是智慧環一般轉著帽子，才總算將扣具穿過鎖桿。她用手指按下鎖桿，便啪一聲上鎖了。

光是要固定安全帽就花了不少工夫。小熊一看時間，發現已經要打預備鐘了。她一邊心想「這樣和平時騎腳踏車上學時，總是趕上最後一刻沒兩樣」，同時玩弄著髮絲，試圖讓焦慮的心情平復下來。

儘管她很在意戴過安全帽的頭髮變得如何了，但周遭沒有正好適合的東西能照出自己的模樣。她之所以會為一點小事感到煩躁，或許原因出自於難得騎Cub上學，可是至

少在時間方面和騎腳踏車毫無分別這個狀況吧。

小熊望向花光了所有學貸的儲蓄買來的Cub。她看到方才令自己吃足苦頭的安全帽鎖。她決定明天開始要將帽子帶到教室裡，這時Cub的一個配件映入了眼簾。

無論何種車款，只要是輕機都有附設的後照鏡。小熊稍微挪動了上鎖的把手，讓機車後照鏡映出自己的身影。

和化妝無緣的長相，以及一成不變的妹妹頭令她本人安心了下來。她回想起失蹤的母親說過，女人每天早上都得要照鏡子才行。而後預備鐘響了。

聊以慰藉地用指尖撥弄瀏海的小熊，再次撫摸Cub的座墊後，便前往教室了。

她的腳步要比昨天輕盈了些。

6 安全帽袋

初次騎輕機上學的小熊，在一如既往的時間進到了教室。

她並沒有會特別打招呼的朋友。看到小熊坐在自己那個正中間偏後方的座位上，同學們隨即將視線轉回先前還在聊天的朋友臉上，或是手機畫面。

和平時一模一樣的早晨。有所不同的，可能只有自己的通學方式——小熊如是想，同時將背包掛在課桌旁。

還有一項事物改變了，那就是黑色皮革學生書包變成了一日背包。那並非尤其引人注目的名牌貨，只是一個以原色棉布製成，好似流浪天才畫家會揹的樸素背包。沒有任何人注意到。

小熊心想：如果我現在立刻站起來說「我是騎機車到學校來的！」會怎麼樣呢？騎乘輕機上學，和搭巴士、騎腳踏車或是坐家人的車一樣，都是一種通學方式，八成不會特別受到矚目吧。再說，小熊很不喜歡惹人注意。

正式鈴響起後，早上的班會便開始了。之後便是如同平時的課程。憑著翻過課本這種程度的預習，小熊順利跟上了進度。這所高中的偏差值和升學率在山梨縣內絕對不算低，但看來小熊無論是努力或怠惰，都能取得一般的成績。平凡的分數、不起眼的學生，就像是鄉下地方隨處可見的小貨卡，又或是Super Cub一樣。

邊上課邊思考一些無意義的事情時，轉眼來到了午休時間。四周的學生們不是拿出便當或麵包，就是衝到福利社去。小熊則是從背包中取出了便當盒。

她將超市整批買來的親子蓋飯調理包撕開，倒在偌大保鮮盒裡塞滿的白飯上。她現在是靠學貸過著儉樸的生活。小熊認為，要同時兼顧省錢與省事，這是最好的做法，於是一直以來她都拿白飯和調理包當午餐。

小熊看向放在教室後方用於加熱便當的微波爐，但那兒已經大排長龍，所以她決定直接開動。幸好親子蓋飯就算涼掉，味道也不會像咖哩調理包那麼糟糕。

她從未和其他人一同吃午餐。教室裡也零星可見其他獨自用餐的學生。小熊並沒有缺乏社交性到會掩藏起便當來吃，不過她也為了單調的餐點稍稍嘆了口氣。

昨天買下Super Cub、晚上沒油，以及今早騎車上學，這陣子原本和她無緣的事件接連發生，或許也讓小熊對重複至今的日常生活有了點不同的想法。

小熊吃完午餐，進行只為了打發時間的課程複習時，午休時間宣告結束，第五堂課開始了。據說今天是要上家政科的裁縫實習。儘管小熊的水準只到可以縫製抹布，但她依然覺得能夠操作縫紉機很開心，那是現在住的公寓所沒有的。

開始上課了。課程內容是製作束口袋，就像是複習小學高年級的家政科所做過的事一樣。高中家政這種東西，無論是老師或學生都很鬆懈。大約有一半的學生在做其他科目的事情，或是偷偷玩手機。

家政老師指著堆積在教桌上的布料說：請大家領取喜歡的布，照著課本上所寫的製作束口袋。她似乎決定等到學生拿成品來之前都相應不理，之後便開始織起放在自己腿上的編織品。

班上眾人一個個領走了布料。有人姑且選了可愛的花色，也有人為了盡可能省工夫而選取小塊的布。接著輪到小熊了。

小熊略作思索後，拿了堆積的布料當中尤其大的一塊。那是一塊與其說是手製小飾品的材料，更像卡車車篷會使用的棉布，既硬又厚；顏色則是不起眼的橄欖綠。排在她後面的學生們，笑著拍拍她的肩膀說：

「過著窮困生活，果然會變得想盡量多撈一點嗎？」

「無父無母也很辛苦呢～妳那是準備連夜潛逃嗎？」

儘管小熊沒有在休息時間開心閒聊或放學後一塊兒玩耍的朋友，但她一直覺得這個班上待起來還不壞。鄉下的高中流言蜚語傳得特別快。大夥兒都知道她的遭遇，可是事到如今沒有人會對此提心吊膽的。

然而，對方一副瞧不起人的發言，讓小熊很不悅。她對這麼想的自己感到詫異。這是因為，至少她想拿這塊布做個大大的束口袋，是有明確的目的。

小熊拉扯著像是軍隊會使用的厚布料，確認著強度說：

「我想拿來裝安全帽和手套，機車用的。」

小熊身邊的學生都發出驚訝聲。

「妳會騎機車嗎？」「妳什麼時候考到駕照的？」「該不會是去偷來的吧？」「妳騎什麼車？」「之後可以讓我看看嗎？」眾人如此連番提問。

小熊走向自己的座位，同時答道：

「我騎Super Cub，中古的。」

同學們的表情為之一變，表情由一度興味盎然變得興趣缺缺。

「什麼啊，是Cub喔？」「說是機車，那根本是輕機嘛。」「妳還是不用給我看沒關係，我爺爺就有在騎了。」

小熊將布料放在縫紉機上，踩下腳踏板開始縫製。如果只是要做束口袋，馬上就能完工吧。到時我就有一個安全帽袋了，而且還是免費的。這樣子也不用每天早上跟那個難用的安全帽鎖苦戰了。

同學聽到小熊所騎的車是Cub後失去興趣，對她而言是件足以放心之事。雖然她是想稍微炫耀一下才說出口，不過小熊果然還是認為自己不適合惹人注目。

小熊變回原本那個默默無名的女生了。有個女學生，從班上角落看著正想縫製束口袋的她。

那位女學生站了起來，走向小熊的位子。

7 禮子

並非要找坐在自己周遭的其他學生，很明顯朝著小熊接近而來的女學生，是小熊起碼也知道長相和名字的同班同學。小熊佯裝沒注意到，拿起綠色的束口袋翻了過來，確認著縫線。

只要不是太誇張的未完成品，這位老師都會給及格分。接著只要提交作品給家政老師，得到印章後就可以下課了。

儘管如此，小熊仍然假裝自己還有步驟沒完成。

那個速速解決課題後朝著自己走來的女生，小熊一直都對她沒什麼好感。

站在小熊桌前的，是同班的女同學——禮子。

擁有高挑身材和一頭長髮，是個難以親近的冰山美人。她和小熊一樣，不太會積極地找班上其他女生閒聊，自然沒有機會和小熊對話。她們倆是不同類型的人。

她的成績名列前茅，運動方面也很優秀。根據女生之間的傳聞所述，禮子家裡在東京經營公司，而她則在老家位於北杜市北部的別墅獨自生活。

她是個想要什麼就有什麼的女孩子。雖然在班上沒有一個稱得上朋友的人，不過她是自願獨來獨往的。

她和孤苦無依、一貧如洗、成績平平，不自覺便成為班上獨行俠的小熊互為對比。

小熊並不喜歡禮子。

禮子踩著毫不猶豫的腳步來到小熊身邊，開口向佯裝渾然未覺的她攀談道：

「妳騎的車是Cub嗎？」

那道嗓音相當澄澈。被禮子直截了當的話語給震懾住，小熊低頭望向手上的安全帽袋，答道：

「不過是中古的。」

一段和小熊的答覆時間一樣長的沉默流逝。禮子面無表情。

那看來也像是將小熊以細若蚊蚋的聲音發出的話語，一字不漏地聽進心坎裡。禮子再度對小熊說道：

「之後可以讓我看看嗎？」

小熊感覺到自己慢慢駝起了背，被人家譏笑反倒還讓她比較輕鬆。

她討厭受到班上女生注目，這下子卻被最麻煩的人物注意到了。

「等放學後吧。」

如此回應已經竭盡了小熊的全力。

上完第五堂課，以及可以的話真不希望它結束的班會開完之後，小熊拎起了背包。乾脆就這麼匆匆回去吧？明天早上再跟禮子解釋說自己不小心忘了，那麼她便不會再找自己搭話了吧。小熊小跑步地離開了教室。

難得第一天騎車上學，今天卻結束得讓她難以釋懷。稱得上收穫的，頂多只有在家政課時所做的帽袋。

這時，小熊發現自己將今天做的安全帽束口袋忘在教室了。

差點忘記自己是著急地逃出教室的，企圖折回走廊的小熊轉過身去。

「來，這給妳。妳忘了東西。」

拿著橄欖綠帽袋的禮子，就站在小熊的正後方。

已經逃不掉了。小熊放棄迴避，和禮子並肩而行。

兩人在沒有特別交談的狀況下，經由出入口抵達了機車停車場。

「這輛。」

來到停車場的小熊，指著自己停放於此的Cub說。

小熊做好了打算，倘若非得讓禮子看看自己的車又無法拒絕的話，便以最低限度的接觸和對話來讓事情過去。

先前一直不發一語，跟著小熊略快的步伐走在一旁的禮子，一看到Cub便話匣子大開。

「喔，這不是化油版Cub的極品嗎！里程數才五百公里多一點，輪胎也還是全新的呢。Cub果然帥氣。安全帽則是Arai的經典款呀。我也好想要這頂喔。」

從未見過禮子如此亢奮。無視於被這股氣勢壓倒的小熊，禮子簡直像是撫摸著小貓一般，到處碰著Cub。

看了Cub好一陣子後，禮子似乎感到滿足了。她撩起頭髮說：

「我也是騎機車上學。妳要看嗎？」

就算給小熊看她也不甚了解，坦白說她根本不想看；但禮子帶著「看嘛看嘛！」的目光窺視著小熊的臉龐，使得她不禁點了點頭。

禮子繞到停車場後方，推著一輛機車走了過來。見狀，小熊便明白禮子找自己攀談

的理由了。

禮子那輛大紅色的輕型機車，和小熊的車子很類似，卻又不太一樣。明明沒有人拜託她，禮子卻逕自解釋了起來。

「這是本田ＭＤ90，郵政Cub。」

那是經常會停在郵局前面，也會送信到小熊公寓的郵差所騎乘的車輛。

即使是對機車不熟的小熊，一看也隱約知曉是相同的車體。假如機車是動物，那麼軀幹的部分形狀幾乎相同，而相當於前後腳的部分則有微妙差異。

那輛的輪胎小了一圈，把手周遭還設置有各種裝備。和小熊幾近全新的Cub相比之下，它到處都有傷痕。

仔細一看，不光是前後腳，許多地方都和小熊的車有分別。

煞車拉桿是施以藍色塗層的素材製成，根部還附有調整用的旋鈕，形狀便於以兩根手指扣住，總感覺像是近代登山用具。小熊的煞車拉桿是鋁質一覽無遺的黯淡銀色，形狀則和腳踏車相同。

禮子的紅色Cub，許多地方都是藍色的。

像是支撐後輪的彈簧、前照燈的外緣、轉向把手、比小熊的Cub還小顆的方向燈，以及小熊的車子有裝設，但禮子卻將外殼拆掉而露出的鏈條齒盤。從把手延伸出來的鋼索類線材都統一成藍色的外觀，形狀也有微妙的不同。車身表面外露的幾顆螺絲亦為藍色的。小熊感覺自己有事上郵局去的時候所見到的Cub，並沒有這樣的藍色。

小熊心想：八成是所謂的改裝車吧。即使是對機車無感的小熊，看到書店的雜誌專區也能明白，世上有人抱持著這樣的興趣。然而，她無法理解這種會將每天穿著的鞋子裝扮得花花綠綠的嗜好。

禮子打開了固定在鮮紅Cub後頭的紅色箱子。她戴上從裡頭拿出來的藍色安全帽還有手套。這輛紅中帶藍的Cub擁有自己的Cub所沒有的東西，小熊頂多只對這個看似很方便的箱子感興趣。

禮子將藍色的鑰匙插進郵政Cub，以穿著藍色麂皮短靴的腳踩下了啟動桿。就連這支啟動桿都是又藍又細，無論是外型或顏色，都和小熊那輛車上套著止滑橡皮的鐵棒不一樣。禮子的Cub，隨著比小熊的車還吵雜許多的聲音啟動了。

小熊的聽覺及視線，被這道聲音及排出廢氣的排氣管所吸引了。和在街上看到改裝車時相同，主要是在發出擾民的聲音這層意義上獨具特徵。

禮子的Cub排氣管只有小熊的一半長度。那支排氣管，感覺只像是將粗如水管的鐵管切開後彎折而成。它發出了彷彿大型車輛的低沉渾厚聲響，令人不覺得這輛車和小熊

的Cub或路上的送貨Cub一樣，都是輕型機車。

禮子這輛將紅色車體裝上藍色改裝零件的郵政Cub，在廢氣的高溫影響之下，它的排氣管變成了帶點藍的彩虹色。

禮子戴上了覆蓋臉部的越野安全帽後，將臉湊向小熊。

「抱歉喔，淨是我在講話。很高興能遇見同樣騎Cub的車主。」

禮子說完這句話後，便發出一陣噪音疾馳而去了。

彷彿疲於應對一般，小熊杵在停車場好一會兒後，發動Cub的引擎，戴上安全帽。她將腳架已推起的Cub推到停車場外頭才跨了上去，之後驅動著引擎起步而去。那道聲響相當寧靜而不吵雜，同時也很平凡。

回家路上，小熊思索著明天在教室見到禮子這個同學後，該如何是好。是否得對她說些什麼呢？不，今天讓她看完車子後鐵定就沒事了。往後不需要再和她說話，也不會被搞得這麼疲倦了吧——小熊如此感到放心。

可是，倘若禮子主動搭話，我稍微講點什麼也無妨吧——她同時稍微這麼想。

總之，她們倆有著Cub這個共通的話題。

8
午休

小熊迎來第二天騎車上學的早晨，在日野春車站附近那棟目前所住的公寓裡醒來了。

鬧鐘所設定的時刻和騎腳踏車上學時一樣。必須起床的時間沒有改變。

脫下充當睡衣的T恤和短褲丟進洗衣籃並洗了個澡，小熊穿上背心和裙子皆是清一色深藍的土氣制服，再將電子鍋的飯裝進昨晚洗好的保鮮餐盒裡。

小熊的早餐是塗了奶油和果醬但未烤過的吐司，以及與其說是美味的嗜好品，單純只覺得是維生素補充劑的蘋果汁。她以蘋果汁將吐司匆匆灌進胃裡後，便連忙開始今天的準備。

她將課本、筆記、鉛筆盒、手機、放有錢包的隨身小包、只有白飯的便當和牛肉蓋飯調理包，以及裝有麥茶的水壺放進一日背包裡。

這時小熊注意到，堆在冰箱上的調理包庫存愈來愈少了。

正打算關起背包拉鍊的小熊走到疊好的被褥旁，撿起了昨天睡前閱讀的Cub使用說明書，放進背包裡。

她穿上學校指定的黑色皮革樂福鞋，拿起放在玄關旁的安全帽袋，而後打開門走了出去。

要帶的東西和花的工夫都比腳踏車通學時還多，但她並不覺得麻煩。

Cub停放在公寓的停車場裡。小熊解除了把手鎖並插入鑰匙，再踩下啟動桿。引擎發動了。看來果然沒必要用到昨天在說明書上看到的「阻風門拉桿」。

小熊姑且確認了位置，並試著拉了一下。Cub靜靜空轉的引擎聲便戛然而止。她將阻風門推回去再重新腳發，明白了最好不要基於一時興起玩弄這些零件。

她照著說明書吩咐進行暖車的同時，從昨天製作的橄欖綠帽袋中拿出帽子和手套並戴上，而後將帽袋收進背包的外部口袋裡。

揹起背包的小熊跨上機車，將檔位踩至一檔，扭轉把手騎了出去。

小熊懷抱著似乎騎得比昨天還順暢的想法，將Cub停放在學校的停車場裡。

她還沒辦法讓時速表的指針傾斜到頂點右側去，不過她覺得自己比較會利用後照鏡注意後方車輛，讓後面來的車子超過去了。

在這座有許多輕型速克達的停車場裡，停駐著小熊昨天看過的紅色郵政Cub。

它和停在郵局的Cub相異之處，在於安裝在大紅車身各處的藍色改裝零件。那是昨天和小熊聊過的同班同學——禮子所騎乘的一輛紅中帶藍的Cub。

和小熊的車子有所不同的Cub。她決定再次看看哪裡不一樣。昨天她有注意到前後胎較小一事，以及它的把手是像腳踏車一樣露出鐵管，和小熊那輛以壓鑄車殼所覆蓋的狀況不同。

小熊又發現了另一個差異。是她原以為形狀相同的車體部分。那輛車的座墊底下，比小熊的車粗了一圈。

小熊是在加油時得知那兒是油箱的事。她心想：原來禮子的郵政Cub可以比自己的車加更多油嗎？

是不是還有其他不同的地方呢？小熊如是想，同時鎖上Cub的把手，並將帽子和手套放進束口帽袋裡。

利用後照鏡稍稍整理過頭髮，小熊揹著帽袋前往教室。

她一度回眸，望向並排停放的兩輛Cub。禮子的紅色Cub和小熊的綠色Cub這個組合看似不太相襯，但小熊也不會因此就不想停在她旁邊。

進到教室的小熊走向自己的位子。她並沒有會特別打招呼的朋友，而且還得在上課前先翻翻課本和筆記。

在她走到正中間偏後方的位子前，通過了某個座位旁邊。那是禮子在窗邊的位子。禮子坐在位子上看著文庫書。小熊認為，畢竟昨天有和她聊過，視若無睹也太冷漠了，於是舉起一隻手說：

「早……早安。」

「嗯？嗯。」

說完這句話，禮子便將目光轉回書上。小熊偷偷瞧了封面，那好像是一本有關機車旅行的書。

小熊並未對禮子平淡的回答有任何反應，在自己的位子上就座。

禮子這個同學，和她同樣騎乘Cub。小熊原以為經由昨天的事情，和禮子會變成彼此閒話家常的交情而心懷負擔，但她發現自己誤會了。

小熊感到放心。昨天的事單單只是同樣身為機車通學者的確認。對禮子而言，小熊變回了一個不再會談話和深交的同學了。

禮子感興趣的肯定不是自己，而是那輛Cub。這件事情也在昨天落幕了。那是一輛不足為奇的普通Cub，並不值得留意。小熊帶著實在說不太上愉快的心情，打開了背包。

距離班會開始還有五分鐘左右的時間。將手伸進背包，稍微猶豫起該預習什麼科目才好的小熊，拿出了和課本一起帶來的Cub說明書，讀著它直到班導來教室為止。

自從小熊走進教室到開始上課，位子背對她的禮子一直都在埋首閱讀遊記。

上午的課程結束後，小熊拿出了一如往常的便當。

她打開裝滿白飯的保鮮餐盒，瞥了一眼今天也有許多名學生在排隊的微波爐人龍，撕開了冰冷的牛肉蓋飯調理包。

她將牛肉倒進便當盒的同時，偷偷瞄了禮子的座位一眼。有同學邀她一塊兒共進午餐。小熊知道，好幾次都有人邀約成績優秀、外表亮麗的禮子吃午餐，但她每次都以有事為由拒絕了。

說到小熊，剛升上這所高中時她也接過數次邀請，可是當她畏縮不前而婉拒之後，漸漸就沒有人來開口約她了。

過去如此，今後亦然。小熊把注意力集中在牛肉蓋飯便當上，耳朵卻聽見了禮子的聲音傳來。

「對不起，今天的午飯我預計要和朋友一起吃。」

禮子拿著自己的便當站起來，轉頭看向小熊這邊。小熊連忙低頭，將目光落在自己

的餐盒上。

一陣毫不猶疑的腳步聲接近而來。禮子站在小熊面前說：

「那我們走吧？」

面對語出突然而心感困惑的小熊，禮子抓起了她的手臂。小熊慌慌張張地拿起自己的餐盒和筷子，就這麼被禮子帶到教室外頭去了。

9 繞路之旅

小熊一隻手拿著自己的牛肉蓋飯便當，在半被拉扯的狀況下跟著禮子而去。

今天的午飯要和朋友一起吃——禮子如此拒絕同學的午餐邀約，打算和小熊一塊兒到某處去。

小熊心想：難不成禮子是把我當作朋友嗎？倘若如此，那還真是讓人有點困擾。明明自己一直都在躲避這種人際關係的負擔，禮子卻不顧別人的狀況，單方面地拉著小熊的手。

小熊原本想甩開她的手衝回教室去，但假如現在這麼做，有可能會在班上樹立一個比朋友還麻煩的敵人。

就在小熊拿不定主意的時候，她已經被帶到校舍後方的停車場來了。

禮子放開小熊的手，掛著不會在班上其他同學面前露出的笑容說：

「那我們來和朋友一起吃午飯吧。」

禮子敲了敲自己停放在此處的郵政Cub座墊。

一旁是小熊的Super Cub。對沒朋友的小熊而言，那只是單純的代步工具，既不是友人，亦非什麼重要的生活工具。

機車是朋友這種話，是一個高中生該說的嗎？小熊心中雖如是想，但她的表情卻很奇妙地稍稍放鬆了下來。

她並非受到禮子有如孩童般的爽朗笑容影響，也不是因為那個舉動很逗趣，只是面對自己意料之外的狀況，她也只能笑了。

紅色Cub以側腳架傾斜停放著。禮子側坐在座墊上，攤開了自己的便當。

隨著「我要開動了」的聲音，禮子大口咬下一整條塞滿了火腿和蔬菜的法式長棍麵包。她並未建議小熊就座，只是俯視著自己的機車並啃著麵包。

無可奈何之下，小熊只好坐在自己以主腳架停放的Cub座墊上。她是跨坐在上頭，模樣不像禮子那麼帥氣。老實說，停駐的輕機很不穩定，不適合坐著吃東西。

小熊開始吃起自己的牛肉蓋飯便當後，已經吃完半條麵包的禮子便單方面向她攀談道：

「像這樣坐在Cub上，即使停在原地不動，也感覺自己可以行遍天下呢。」

吃著便當的小熊並未和禮子四目相望，而是低頭看著自己的Cub，回答說：

「我還沒有騎到遠處過。」

小熊以為，能遠行的機車是更大台的那種，或是禮子所騎的郵政Cub之類。

禮子傷痕累累的郵政Cub後方，裝設有似乎能放入許多東西的箱子；而小熊的車雖然附有偌大的貨架，卻連固定安全帽都得煞費苦心。

禮子望向自己的郵政Cub，而後看著小熊的車，回說：

「它要上哪兒都行喔，畢竟是Cub嘛。」

小熊無法想像，騎著拿來送貨、外送餐點，或是農民藉以移動的Cub出遠門。

結果感覺像是任憑禮子擺布的午餐，還有下午的課程皆告終，來到了放學時刻。

說到那個午休時間強行邀約小熊的禮子，在班會結束後，她一眼也沒瞧小熊便走出了教室。

小熊稍晚才離開，來到了停車場，不過禮子的紅色Cub已不見蹤影。

她發動了自己的車，騎出學校。從這兒回家的路線，就只要直直地走縣道即可。

縣道和甲州街道，在半途有個交會的十字路口。左轉便是諏訪和松本，右轉則是甲府和東京。

原本打算直走回家的小熊來到十字路口，而後點亮了Cub的方向燈。

她並不是受到禮子的話語影響，只是回想起囤積的調理包即將吃完，得到超市購買才行。

小熊的繞路之旅展開了。

10 購物

Cub的左右方向燈，是以開關上下控制。對這個特有的設計感到些許不知所措的小熊，以雙眼看著轉向把手一旁的開關總成，推下開關。

這個讓人難以理解的開關，一旦習慣後鐵定能不假思索地操作吧——小熊內心如是想。縣道連結了學校和日野春車站附近的自家。而她騎到了國道二十號線——通稱甲州街道這條與縣道交會的路，往東邊而去。

她發現自己還點亮著方向燈沒關，於是慌忙地將開關推回原位。

平日午後的甲州街道，要比想像中來得好騎。

這裡的馬路鋪得比通學必經的縣道還好，路幅也足以讓她閃避由後方而來的快車。騎乘輕機時會令她感到害怕的狀況——道路忽寬忽窄的地方很少，也沒有人將車停在路上。

她並非初次騎這條路。剛買下Cub那天晚上，她有走這兒去加油。

當時是迫於需要而騎，但像這樣隨心所欲還是第一次。

這趟繞路的行程，一直到方才停等紅燈時都還不在小熊的預定計畫裡。她對自己會做這種事感到訝異。

無論是就讀東京的國小國中，或是轉學到山梨的高中時，她都不太記得自己會在放學時跑去購物，或是漫無目的地四處閒晃。

時速表的指針還在刻度中央，沒有繼續向前邁進的跡象。

才拿到駕照沒多久的小熊，仍然對加速心懷畏懼。她的安全帽是經典款，沒有覆蓋臉部的透明鏡片。倘若騎快一點，迎面而來的風會吹到臉上，吹得她眼睛痛。

儘管如此，現在的速度依然比全力騎著腳踏車奔馳要快。當時是拚命踩著踏板，現在只要轉動右手就行了。

剛剛在路口轉彎後，於甲州街道騎了一公里多的小熊，在左手邊發現了一間規模龐大的店家。

那是一間綜合了大賣場、超市以及遼闊停車場的郊外型購物中心。

小熊回想起今天繞路的理由之一，是為了採購快用完的食材，於是打了左方向燈，騎進店鋪前面的廣大停車場。

她緩緩騎在停車場的路上，前往機車停放處。設有鐵皮屋頂的停放處，停有數輛機車。

當中的數量屬輕型速克達最多，也有大型的仿賽車。她才想說有看到一輛Cub，結果有個老爺爺走了過來，將肥料袋堆在後頭便騎走了。

小熊將仍然很新的Cub，並排在像是機車社交場的停放處裡。她抽起鑰匙立起腳架來，而後鎖上把手。

她從背包裡拿出手製帽袋，將取下的帽子和手套塞進去。雖然她已經習慣了這個重複過許多次的工程，不過依然比騎腳踏車要費工。

這裡有兩間比學校體育館還遼闊的店面，分別是超市和大賣場。

會在大賣場買的清潔劑和生活用品目前還足夠，因此她先是走向左手邊的超市。

迄今為止從未光顧過的大型超市，裡頭擺放的商品，要比小熊在學校附近購買食材和速食食品的那家小超市來得便宜一點。

小熊將特賣的調理包和即將用罄的調味料等物品一塊兒放進購物籃，而後前往收銀檯去。

光是如此便有繞一趟路的價值。買車或許也並不吃虧呢。小熊走到沒有客人排隊的

收銀檯。

「您需要袋子嗎？」

購物袋不是免費的。而小熊所買的東西，多到放不進背上那個塞有課本的背包裡。當她騎腳踏車前往學校附近的超市購物時，會自己帶環保袋，買來的東西就丟進車籃裡；可是小熊的Cub既沒有籃子，也沒有像禮子的車所裝設的那種塑膠行李箱。她現在是靠學貸過日子，非得節省不可。儘管有些不甘心，但意欲購買塑膠袋的小熊回答店員說：

「我不要袋子。」

小熊掏出了所剩無幾的錢包來付帳，而後將購物籃拿到了裝袋檯去。

她放下和背包一起揹著的帽袋，戴起了裡頭的帽子，再將皮手套塞進口袋裡。

小熊把採買的東西放進空空如也的帽袋裡，就這麼戴著安全帽走在店內，將購物籃還回去。

雖然在店裡頭戴著安全帽這個模樣很奇怪，可是小熊並不討厭。心情就像是稍稍在炫耀自己有騎車一樣。

不過她的坐騎是Super Cub。騎一輛送貨或農務用的普通輕機便自以為是機車騎士，這令小熊感到有點害臊，於是她匆匆回到停車場去。

小熊看向超市右手邊那棟規模龐大的大賣場，決定今天就先採買到這裡，明天來的時候再過去瞧瞧，而後將塞了物資的帽袋掛在胸前，騎著Cub離開了停車場。

明兒個放學後的時光，令她產生了幾分期待。

11 置物箱

經過了這幾天的通學和昨天繞路購物，小熊逐漸習慣以Cub作為平日的交通工具。

小熊一早起來做便當，並在吃完早餐後，揹起了塞有課本和筆記的背包以及手製帽袋，將安全帽和手套拎在手上，前往公寓的停車場。

發動Cub的引擎並進行暖車的同時，她戴起帽子和手套，再將帽袋塞進背包的外部口袋裡。

到這裡為止的程序，她已經能不假思索地做到了。她重新揹好背包後跨上Cub，騎出停車場。上學路線是由這兒直直騎在縣道上，路況她在買下Cub前的腳踏車通學生活中便熟悉了。

騎了兩公里左右的上學路，小熊將車子停放在學校停車場裡。一旁有著即使遠眺也很醒目的鮮紅輕機——亦即禮子的郵政Cub。

這所高中認可學生以輕機通學。和幾乎占滿了停車場的輕型速克達相較，以側腳架傾斜停放的改裝郵政Cub，在滿目瘡痍的外觀影響之下，顯得很不穩定。

大概是覺得「萬一禮子的車被風或什麼弄倒而撞壞了我的車，那可我受不了」，郵政Cub的左右總是空下了一輛機車的空間。

小熊將機車停在郵政Cub旁，並仿效禮子以側腳架斜停，而後抽起鑰匙。轉動另一個鑰匙孔鎖上把手後，小熊取下手套和帽子，將這些東西放進由背包取出來的帽袋中，揹在肩上。

這道手續她已經能下意識地完成了。Cub開始融入她的生活了。

而近來的小熊所面臨的另一個變化，那就是禮子這位同學。

今天早上也在自己的座位閱讀文庫書的禮子，即使小熊拿著背包和帽袋從旁經過，她卻連頭也沒抬起來。

小熊也就座後，上午的課程便開始了。課堂上有數學小考。在公布的成績中，小熊的分數屬於中上，禮子則是班上第一名。

就算開始騎機車，課程依然不會有所改變。倘若要說有一項變化，那麼便是小熊開始對放學後感到期待了。

昨天放學回家時，在偏離通學路線一公里左右的地方，小熊發現到一間由超市和大

賣場這兩棟建築所組成的郊外型購物中心。

就在小熊思索著今天就去大賣場看看的時候，上午的課程告終，進入了午休時間。

禮子手持放有便當的包包，筆直朝小熊的座位接近而來。

「那我們走吧？」

她和昨天一樣，強行拖著小熊的手。小熊連忙拿起自己的便當和裝了茶的水壺，跟著禮子而去。

和Cub不同，這件事她仍未適應。

在停車場中，她們倆坐在自己的機車座墊上吃著便當。

人在郵政Cub上的禮子，感覺比坐在教室的狹小椅子還放鬆。

小熊也跨坐在斜停的Cub上，不過重心依然不穩。她試著模仿禮子側坐，坐起來意外地挺舒適的。

禮子食慾旺盛地吃著大份熱狗麵包裡放有香腸及炒蛋的便當，還喝著無糖氣泡水。

小熊則是一如往常的白飯配調理包。昨天她一口氣買了各種調理包食品起來囤，因此今天是吃這當中她最喜歡的咖哩口味。

只不過，僅限於熱的。早知道就去排微波爐的隊伍，重新加溫了。

禮子依然是單方面地聊著。今天她所說的內容，是關於預計要在不久之後的暑假出發的騎車兜風計畫。

「必要的東西我都準備好了，只要載上車就能隨時動身。這種時候就會覺得，有買Cub真是太好了。」

禮子敲了敲郵政Cub的後箱說。她的車裝設有處理郵務時會用的郵包大型行李箱。

而小熊的車子，則是連從前所騎的腳踏車所備的車籃都沒有。無論是昨天的採買行程或每天的通學，她都是將所有東西揹在背上騎。

小熊目前為止都僅是附和禮子的話，這時她伸出手碰觸禮子的Cub後方說：

「這感覺很方便。」

笑著聽小熊說話的禮子，似乎在思考著什麼似的歪過了頭。

「嗯——或許有點可惜呢。」

可惜是什麼意思？為Cub裝上箱子，會有什麼不利之處嗎？不明就裡的小熊，以目光催促禮子說下去。

「裝上那種箱子，行蹤是會曝光的喔。像是『喂，你昨天在那家店是吧？』、『你超了我的車對吧？』這樣。我認為Cub的優點之一就是匿名性。可是一旦有了箱子，就會被發現車主是誰。」

小熊心想「這倒也是」。她很中意Cub不會過度顯眼這點，不過裝上箱子後便會引來他人注目——也就是招來小熊所不喜歡的狀況。

小熊苦惱地深思著。今後要騎Cub載東西時，只能裝進包包裡揹著了嗎？

禮子看向內心混亂的小熊說：

「妳想要裝後箱嗎？」

小熊點了點頭。禮子從口袋裡拿出手機，說句「等我一下」便離開了停車場。在校舍後方講話的禮子，經過一場短暫的通話後便掛斷手機，回到小熊這兒來。

「放學回家的時候我們稍微繞個路吧？八成會有好事發生。」

小熊得在放學後和禮子一同外出了。

12 裝載

小熊上完了下午的課，一如往常地將課本和筆記收進背包，再拿起掛在課桌旁的安全帽袋。

今天她得和禮子一塊兒出門。她許久沒有一起度過放學時光的朋友。對她而言，和交集點只有「同樣騎乘Cub這輛輕機」的禮子做這種事，心情莫名地尷尬。

坦白說，小熊也有點想以其他要事為藉口逃亡的念頭，但她並沒有打工或參加社團，根本沒有事情要辦。理所當然的，她也並未和朋友有約。

目前手邊稱得上要緊事的，就只有該怎麼處理機車行李箱這個煩惱，或者可說是猶豫。禮子似乎有辦法解決這件事。

禮子和午休時一樣走到自己的座位來。無從拒絕的小熊在這個時間點站起了身子，和她一道離開了教室。

有幾名學生向禮子道別，禮子也笑著對他們揮揮手。雖然他們也有順道向小熊打招呼，但她並未直視著對方，僅是稍稍點了點頭。

從教室來到出入口這邊和中午一樣，而後禮子忽視了停車場，前往校門。只要跟著她過去就好嗎？小熊一思及此，禮子便回頭望來。

「抱歉，我走得太快了。這是我騎車時的習慣啦。因為我有動過引擎，如果不一直催動油門，馬上就會出問題。」

小熊搖了搖頭，快步跟上前去。

好久沒有徒步走出校門了。禮子向右轉，健步如飛地走在縣道上。她完全沒有跟小熊解釋說要上哪兒去。

就在小熊忍不住想開口詢問時，禮子驟然停下了腳步，走進一間小小的超市去。

小熊在騎乘Cub前經常光顧那家店。理由是位於學校附近，可以在回程順道逛逛。但這間超市的生鮮食材和速食食品都不怎麼便宜。

禮子走進這間比超商略大一些的超市，毫不猶豫地向糖果點心區邁步而去。而後她拿起兩包袋裝零食。

「這樣應該就行了吧。」

禮子將零食塞到小熊面前。

「妳買下來。」

小熊無法理解禮子的話中之意。今天應該是為了設法處理裝在小熊車上的後箱，才會和禮子一同回家才對。還是說，她的意思是要像稻稈富翁一樣，把這些零食換成行李箱呢？

禮子所挑選的點心是五家寶和花林糖，以女高中生的選擇來說顯得有些老派。這是很適合我的意思嗎？——小熊如此懷疑，同時前往收銀檯。

該不會禮子忘了後箱的事，想叫我請她吃點心來打發時間吧？倘若真是如此，那麼禮子就像她所騎乘的吵嚷改裝Cub一樣，真是個很會給人找麻煩的女人耶——內心如是想的小熊打開了錢包，想趕緊處理掉人際關係中的麻煩事。這兩包要價將近三百圓。一想到是筆不必要的開銷，就覺得很傷荷包。

收銀檯的阿姨拿著塑膠袋問：「需要幫您裝袋嗎？」因為小熊有背包，本想開口拒絕時，禮子從旁回道：「我們要紙袋。」

請店員阿姨將零食塞進放書本或衛生用品的紙袋後，小熊抱著它跟上準備速速離開店裡的禮子。

她們倆目前走在學校附近一帶，這裡是合併成北杜市前的武川村中心位置，零星建有商店和公所分部。禮子走進了位在其中的信用金庫（註：不以營利為目的，服務當地中小

企業及個人的金融機構）。

這是小熊領取學貸時也會利用的信金。禮子前往窗口，年輕女性職員看到她的模樣便開口說：

「哎呀，一陣子不見，妳已經變成高中生啦。課長在後面喔。」

「那就打擾了。」說完這句話，禮子便從窗口旁邊的後門走到建築物外頭，繞到後方去。

信金的後面是一座停車場，停放著跑業務用的輕型車輛。禮子走到角落去，向背對著她們，提著水桶在水龍頭裝水的男子攀談。

「好久不見了。」

那名年過四十的禿頭男子轉過頭來，瞇起眼睛笑道：

「歡迎妳啊。我現在就去拿過來。」

在襯衫上穿著袖套的信金課長說完這句話，便從鐵皮籬笆中推出了某樣東西。是Super Cub。那輛藍色Cub和小熊所騎的車顏色不同，還配有幾樣她的車所沒有的裝備。

「車體已經被業者預訂了就是。對方說後天才會來取貨，所以看妳想要什麼都可以拆下來帶回去。」

略微點頭致意的禮子攀著Cub，開始打量上頭的配備。

小熊也從旁窺視著。那是一輛外觀陳舊的Cub，里程超過了七萬公里，每次推動都會發出嘰嘰嘰的輾軋聲。

禮子伸手碰觸裝設在機車前方的塑膠透明擋風鏡。光是拿著它挪動一下，樹脂劣化掉的擋風鏡便應聲裂開了。

「不行，這沒用了。不過，只要有這個……」

禮子將手放在Cub後方裝設的黑色鐵箱上。

「叔叔，工具借我。」

在禮子開口前，信金課長已經將工具箱放在一旁了。她從裡頭取出了螺絲起子和扳手，再拿噴霧式潤滑油噴向箱底的螺絲後，將工具遞給小熊。

「妳要自己拆拆看嗎？」

小熊接下工具，試圖以起子卸下螺絲。禮子從旁出言道：

「按下去。螺絲起子要確實壓下去，然後再轉它。同時，還要拿扳手固定住底下的螺帽。」

多虧當小熊還在騎腳踏車時，修理爆胎這點事情是自己動手做，因此她才能成功拆

下鏽蝕的螺絲。小熊將尚未生鏽的黑色箱子從貨架抱了起來後，禮子便再次對課長低下頭。

「那我們就拿這個走了喔。」

課長一副很害臊似的搔抓著頭，答道：

「假如妳再早一點打給我，就連車體也可以給妳了。因為中間商說無論里程或年份他們統統都想要，抱歉啦。」

小熊抱著鐵箱，心底感到無法置信。意思是可以免費把這個帶走嗎？

禮子戳了戳小熊的背。恍然回神的小熊連忙將箱子放在機車貨架上。

「謝謝您。雖然我也騎Cub，可是載不了行李，能夠拿到這麼方便的箱子，實在幫了我一個大忙。我會好好珍惜的。」

笨拙地鞠了個躬的小熊，拿出插在背包外部口袋的紙袋。

「若是不嫌棄，這個還請各位一塊兒享用。」

課長看向小熊遞出的點心袋，一開始原本想婉拒，後來露出了略作沉思的表情。之後，他可能是認為「大人有義務教導孩子『這世上有些問題，是靠一盒點心便能圓滑並圓滿解決的』」，便恭恭敬敬地收下了將近三百圓的袋裝零食。

禮子也立刻摸索著箱子裡頭，確認固定後箱的螺栓、安裝板，還有防竊的鎖頭有沒有缺件。點點頭的禮子將箱子抱起，而後遞給小熊。

「那我們就告辭了。不好意思，打擾您工作。」

「下次汰換外務機車的時候妳再跟我聯絡。我會先談好，讓妳連車體也可以一塊兒拿去。」

禮子乾脆俐落地打完招呼，匆匆前往停車場出口。小熊則是抱著鐵箱不斷鞠躬，同時離開信金的停車場。

回程的路上，禮子針對這個箱子的便利性，以及裝上黑色鐵箱的Cub無論停哪兒都不顯眼的匿名性，闡述了它們各自的優點為何。

「是前年發生的嗎？外食連鎖店的社長，遭人以像是玩具般的點二五口徑手槍射殺了對吧？妳知道為什麼之後沒有凶手的目擊證人出現嗎？因為殺手呀，是在送報的Cub東奔西竄的時間騎著Cub到現場作案，再騎車逃掉的。」

出乎意料地獲得了後箱而歡欣雀躍的小熊，對禮子這番話只聽了一半進去；她只知道，當哪天自己被迫幹壞事時，Cub會成為強而有力的武器。

禮子和小熊就這麼直接走回學校，兩人把後箱裝設在小熊的車上。

只要鎖上四顆螺絲的工程，大概五分鐘就完工了。小熊的機車後方有了箱子，是個銀行或保險公司的外務所騎的Cub會配備的黑色後箱。這輛裝上後箱的Cub，到處都看得到。

「妳的表情鬆懈下來了喔。」

小熊碰觸自己的臉頰。小時候媽媽買新衣服給自己的時候，都還不曉得有沒有這麼開心。

小熊向禮子道過謝後正想回去時，學校的教頭（**註：日本學校的職級名稱，負責輔佐校長或副校長的教員**）來了。他手上還拿著什麼頗大的東西。

「聽說妳最近買了Cub啊？不嫌棄的話，要不要用我們家多出的Cub車籃呢？」

小熊露出了開心的表情，程度大概是方才收下鐵箱時的十分之一。

由於禮子要她收，於是小熊也收下了這個有些扭曲生鏽的車籃，裝在Cub的前貨架上頭。

在機車的世界裡，有句話叫「零件是在天下間流轉之物」。

當需要某些零件時，只要廣為向四周宣傳，有時也會收到人家不要的東西。不過很多時候是放棄在同好間獲得，花錢買下來之後的時間點才收到。

後有鐵製行李箱，前有送報用車籃。小熊的Cub維持著原本隨處可見的外表，大幅提升了裝載量。

等到裝好前置車籃後，禮子便隨即騎著自己的郵政Cub回去了。小熊也打算回家而拿起拋在一旁的背包，一度想將它揹起來；但她放下了背包，丟進後箱去。

小熊騎著裝有後箱和車籃的Cub踏上歸途。今後不論是什麼東西，都能利用這輛車來載了。

自己的身子會非常輕盈，感覺好像獲得自由一樣，理由應該不光只是自己並未揹著背包吧。

整個回程，小熊的笑容都沒停歇過。

13 安全速度

小熊上完午後的課程，戴上Arai經典款半罩式安全帽，跨上昨天裝好後箱和前置車籃的Cub。

回家路線位在反方向的禮子，她的郵政Cub從排氣管發出低沉渾厚的聲音，簡直聽不出和小熊的車一樣是Cub。她的輪胎發出了刺耳摩擦聲的同時，疾馳而去。

小熊緩緩騎在回程必經的縣道上。

能夠將先前都放在帽袋裡帶著走的安全帽，放在Cub的鐵箱裡，真是輕鬆方便。小熊覺得，可以把迄今揹起來的背包放在車籃，身上維持著沒有任何行囊的狀態騎車，實在很舒暢。

身子比昨天還輕快的小熊，在縣道與甲州街道交會的紅綠燈右轉了。

她今兒個也打算到購物中心去。儘管並沒有特別要買什麼，可是繞一公里多的路也不怎麼浪費時間。而且實際到那邊瞧瞧，說不定會發現要買的東西。

況且，她好想騎著設置了新裝備的Cub到處跑。

小熊騎在甲州街道上，往東邊前進。

在平日午後看似塞車又似空蕩的幹道上，其他汽機車一一超過了小熊的車。

自從買下這輛Cub以來，時速表的指針就只有驅動到刻度頂點附近而已。

儘管如此，這已經比她先前騎乘的腳踏車還快了，足以完成小熊的要事。然而，她感覺到這樣的速度，在並非只有自己一個駕駛的公路上，似乎不是最恰當的。

只要上路便能明白，與其不斷被超車而慢慢騎，不如和其他車輛保持充分距離，配合大家的速度跟上車流比較安全。當後方有來車時，小熊也變得很會靠路邊讓對方超過去了，但依然不時有車子像是找碴似的從極近距離擦過她的車。

要令Cub達到理想的速度，小熊就非得讓時速表的指針從頂點傾向右邊才行。Cub有這份能耐做得到。小熊確認前後都沒有車輛後，便轉動了節流閥把手。

引擎聲和風切聲變了。雖然Cub穩定地逐漸提升速度，小熊卻將把手轉了回去。

至今從未體驗的速度雖然並未令小熊感到多麼不安或恐懼，可是她的安全帽沒有覆蓋臉部的透明鏡片，風打在臉上吹得眼睛很痛。

小熊放緩了速度。她很快地就騎到了距離十字路口約一公里的購物中心。停好車的

小熊進到超市環顧店裡，隨即又回到停放著Cub的停車場。

即將迎向每個月一次的學貸撥款日，阮囊羞澀也是原因之一；但比起購物，小熊有件事想先確定一下。

她騎上車子戴起安全帽，比平時還鄭重地繫上頤帶並戴上手套。她身穿深藍色裙子加襯衫，還有深藍背心這種土氣的夏季制服打扮。小熊整理好衣襟，而後確實將鈕釦給扣上。

發動了機車引擎的小熊，一來到國道便立刻加快了Cub的速度。

時速表的指針到達頂點後，接著又往另一邊傾斜而去。

小熊也很明白，這輛車儘管是二手的，卻沒有稱得上是毛病的地方，並且仍行有餘力。比起Cub，小熊更慎重地確認著自己對於速度的適應程度。

雖然制服被風吹得啪噠作響令人在意，但小熊知道了自己的動態視力和三半規管，接受了和速度等比例增加的外來資訊。

小熊來到轉向自家公寓方向的路口，不過她卻又更往前騎了一陣子。

目前的小熊，果然只能騎到時速表的一半左右。

Cub具備充分的性能，足以跑得比現在更快。而小熊也漸漸在適應速度。

然而，迎面而來的風卻吹到眼睛痛。不想辦法處理風的問題，就無法騎得更快。

小熊在國道迴轉後，回到公寓去了。必須要解決這個問題才行。

從沒油到行李箱，這次得訂定風的因應對策。自從買下之後，Cub一直在出題目考驗小熊。

很奇妙的，小熊並不引以為苦，或認為是負擔。

最起碼自從開始騎機車之後，小熊就不無聊了。

14 安全帽

稍微繞了遠路才回到公寓的小熊，邊吃晚餐邊思索著。

既然直擊顏面和眼睛的風是造成加速的阻礙，那麼阻擋它便行了。

晚餐的炒飯是用多的白飯做的，配料僅有雞蛋、大蔥和醬油。小熊將飯放在兼作書桌的桌子上，並且為了在用餐時思考，把安全帽也放在盤子旁邊。主要是在配菜品項這層意義上顯得寂寥的餐桌，感覺似乎變得稍微熱鬧了點。

她在室內播放著平時總會收聽的廣播，一隻手將炒飯送進口中，同時眺望著帽子。

買下Cub時，店家優惠送給她的Arai經典款安全帽。

那是一頂簡單的半罩式安全帽，覆蓋著臉部之外的地方。S尺寸的帽體，正好貼合小熊的頭。順帶一提，小熊覺得純白的樸素外觀，看起來應該很適合自己。

即使和以前高中的農業實習所戴的工地帽相比，它戴起來也非常舒適。只要有辦法處理風的問題，今後必定也能一直用下去。

小熊四處眺望著帽子，心想：如果像外面其他的車主那樣，在臉部開口處裝上一片透明的面罩，是不是就行了呢？帽子上頭，也有著似乎是拿來固定那玩意兒的壓釦。

安全帽這種東西是要上哪兒買呢？可以只買那個透明面罩嗎？小熊叼著吃炒飯的叉子，將手上的帽子翻了過來。

帽子內部仍留有全新的樹脂氣味。小熊拉了拉內襯部分，於是以魔鬼氈固定的內襯就被撕了下來。看來這似乎可以拆下來洗。

內襯裡頭有著標籤，於是小熊便端詳看看。一張是Arai獨有之物，蓋著品管負責人印章；另一張則印著製造商。

他們的總公司在埼玉市大宮。得跑到那裡去買才行嗎？

位在山梨北方的北杜市到埼玉，根本不是騎Cub到得了的距離。而坐電車往返不曉得要花多少錢。這辦法實在太不切實際了。

雖然小熊有意處理安全帽的問題，但她所知道的，就僅有自己一無所知一事。

在這棟靠學貸住宿的公寓，能夠獲得情報的東西只有收音機和未申請上網方案的手機而已。即使想要去找資料，距離這裡最近的書店，只在搭車需要花三十分鐘的韮崎車站前那裡有。

小熊認為繼續思考也無濟於事，洗了個澡後，做完翻過課本這種程度的預習和複習

便上床睡覺。

她將安全帽放在枕邊入眠，但夢中也沒有出現答案。

隔天早上。

小熊一如往常戴著臉部毫無防備的帽子，騎乘Cub到學校去。速度照舊果然不會有問題，可是假如再騎快一點，風勢或空氣中的塵埃便會碰到眼睛。

倘若經常在這個季節飛舞的蟲子跑到眼裡去，根本就無暇操控Cub了吧。

這頂帽子的防護及擋風關乎到安全。和沒有也勉強過得去，只是想要才獲取的行李箱不同。

小熊堅信，這個問題必須盡快解決，不能拖拖拉拉的。

轉念一想，只要處理掉風的問題，便沒有其他障礙阻止小熊騎得更快了。

至於有可能成為最大阻礙的，就是那些車頂擺著紅色警示燈的黑白車輛，但為了避免事態變得複雜，小熊決定現在先不要去考慮。

小熊將Cub停放在停車場，再把帽子收納在車尾的鐵箱裡。她看著停駐在一旁的改裝郵政Cub，心想：不曉得禮子在做什麼呢？

早上的禮子依然冷漠，今天她熱衷地閱讀著道路地圖。

小熊上著上午的課。馬上就要到期末考的時期了。只要很平常地在考前念個書，她這次一定也能拿到普普通通的成績吧。

在學校讀書完全不會發生任何預料之外的事，不像Cub那樣會不斷害小熊陷入煩惱。

小熊悠然神往地想著坐在機車座墊上享用便當，帶著「怎麼還不快點午休呢」的心情，度過了一段無聊的上課時間。

15 網際網路

今天小熊也和禮子一塊兒吃便當。

剛開始是禮子單方面強行邀約。雖然這點依舊沒變，不過今天小熊有個迫不及待午休來臨的理由。

在成了午餐固定位置——Cub座墊上坐定後，小熊打開便當說：

「那個……吃飽飯之後，我想跟妳借安全帽看看。」

對於還不知道算不算朋友的禮子，小熊心中雖有「不可以為了自己的一廂情願而打擾人家吃午飯」這樣的念頭，但禮子卻乾脆地回答：「嗯，好呀。」

禮子單手吃著夾了起司的黑麥麵包，再用另一隻手打開車尾的偌大郵務車箱，抓起裡頭的帽子後，直接拋給小熊。

小熊慌慌張張地捧著自己的便當盒，同時接過禮子的安全帽。

這並非初次見到。這是禮子上下學時所戴的帽子，她已經看習慣了。

這頂是全罩越野帽，藍色的帽體帶有紅色的帽舌，以及覆蓋雙眼的護目鏡。

「妳不如戴戴看？」

小熊將便當放在機車行李箱上，戴起禮子的帽子。這和小熊露臉的款式不同，視野就像是從封閉之處望著其他世界一樣。

禮子的郵政Cub，是因環境和噪音管制而降低性能前的輕機。自從車子交到她手上後便施以各種改裝，據說能跑出相當快的速度。

小熊心想，在大幅超越Cub所能達到的速度中，這股閉塞感能夠帶來安心吧。她將自己戴著全罩帽的身影映在機車後照鏡上。制服和它並不搭。

小熊把脫下來的帽子物歸原主，禮子則是一派輕鬆地將收下的安全帽丟到後箱裡。

「那個會很貴嗎？」

禮子並未看向後箱裡的帽子，而是望著小熊說：

「人家說安全帽的價格，就是腦袋瓜的價值嘛。所以不算便宜。別看它這樣，它可是和妳的帽子一樣要價不菲喔。」

小熊從後箱拿出自己的帽子。她在手上的便當幾乎沒有開動的狀況下，凝視著安全帽說：

「我想讓風不會吹到臉。」

禮子伸出手，碰觸著小熊帽子上所附的壓釦說：

「鏡片是吧，有在賣喔。」

「哪裡有？」

「這一帶最近的機車用品店，大概是在甲府吧？」

小熊沉思著。雖然知道用不著跑去埼玉的製造商購買，可是甲府這座城市離這裡有二十多公里遠，這段距離騎車究竟是否到得了呢？

她想騎著Cub去購買遠行所必要之物，可是那家店卻遠得去不了。小熊回想起一句百貨公司的廣告詞——沒有可以穿出門買衣服的衣服（**註：出處為二〇〇八年七月西武百貨的夏季促銷活動**）。

看著小熊、安全帽，及全然沒有減少的便當，禮子從郵政Cub的座墊上站了起來。

「我們現在就可以去買喔。」

語畢，禮子便拉起小熊的手臂。於是小熊捧著吃到一半的便當，跟著她而去。

午休時間的圖書室，有好幾名學生在裡頭。

禮子走向不同於擺放著書架的區域，那是並列著桌上型電腦的一角。

學生們已在設置於此的好幾台電腦前大排長龍，這裡還貼著一張「一人限時十分鐘」的布告。

環顧著圖書室的禮子發現了老師的身影，叫住了對方。

「我們想用電腦查詢生活上的要事。」

那位小熊沒見過，但似乎和禮子打過照面的老師，指著圖書準備室說：

「妳們可以用那邊的電腦。不過因為內部裝潢在施工，所以有點吵就是。」

簡短地表達感謝之意後，禮子一副熟門熟路的模樣走進圖書準備室。小熊也向老師低頭致意，而後跟上前去。

這間和圖書室差不多寬敞，擺放著書架和辦公桌的地方便是圖書準備室。角落有名身穿工作服的男子正在進行拆除壁材的工程，看也沒看小熊她們一眼。

桌上放的筆記型電腦已經開機了。坐在椅子上的禮子催促小熊就座後，吃著在停車場享用到一半的午餐，同時操作著滑鼠。

小熊想起自從同住的母親失蹤以來，她就不曾上網過。

和母親一起生活的時候家裡雖有電腦，但她幾乎不記得那時有用網路看過些什麼。

禮子緊緊攀著擺放筆電的桌子操作鍵盤滑鼠。她啟動瀏覽器並在首頁輸入網址，打開了好幾個網站。

「等等喔！讓我看一下就好！我馬上看完！我只是要確認有沒有商品上架而已！」

那是美國和中國的大型網路拍賣購物網站。禮子搜尋了自己所想要的零件，並花了五分鐘左右找完東西後，一副心滿意足的樣子瞧向小熊。

「呃～要做什麼來著？對了，是安全帽的鏡片嘛。我當然記得嘍。」

和禮子交換座位的小熊，一邊將吃到一半的便當送進嘴裡，一邊看著蔓延在螢幕另一頭，那個自己所不清楚的世界。

小熊上了網的感想是，這是必要時才看的東西，而非玩樂或打發時間閒逛的地方。

總之目前所需要的是安全帽的防風鏡片。繼上次後箱的事情，小熊雖然覺得交給禮子解決不太好，可是她本人也是興味盎然地幫忙調查，因此她決定順著狀況走。

至今為止碰上困難或煩惱時，小熊都認為應該要靠自己的力量處理；但自從開始騎乘Cub後，她開始注意到順其自然地仰仗他人，靜待事態好轉也是一種方法。

這次的對象「風」，是憑小熊的力量所奈何不了的自然現象。當然，Cub也比小熊強悍多了。正面迎戰根本沒有勝算。

禮子打開了機車用品網購大廠的頁面，搜尋小熊所戴的那頂Arai經典款的鏡片。結果立刻便顯示出來了。

網路上販賣著各種形形色色的鏡片。有透明的、深墨片或電鍍片。從形狀單純的東西，到鼓起成半圓狀，人稱泡泡鏡片的都有。

小熊看著陳列於螢幕商品架上的鏡片，開口第一句話便陳述了感想。

「好貴喔。」

從原廠到副廠，先不論那幾組要價將近一萬圓的東西，鏡片的價格帶大多是三千五到四千圓左右。也有些商品感覺較為便宜，可是加上運費就貴了。

禮子幫忙打開其他購物網站瀏覽，不過價錢也大同小異。

小熊在腦中計算這個月還剩多少錢，心想「這開銷雖然很傷，不過為了保護自己的安全，或許也是沒辦法的」，同時操作著電腦。這次破費下去，直到下一次學貸撥款為止，一定會導致三餐變得非常淒涼。

必要的零件並未缺貨，只要付錢便能自由購得。小熊仍不知道，這對於隨時都在和零件停產抗戰的機車騎士而言有多麼幸福。她叼起便當的筷子，苦著一張臉。

禮子又說了「等等，讓我看一下就好！」開啟國內的拍賣網站，搜尋一般市面上很少出現的郵政Cub中古零件。

小熊逛著購物網站，尋找價格相對還可以接受的東西。這時她指著螢幕說：

「用不著這麼誇張。」

這次購物是為了處理打到眼睛的風。小熊並不需要購物網站上頭那種覆蓋整張臉的鏡片，能保護眼睛便綽綽有餘了。嘴巴的部分，圍個圍巾就解決了。

「只要像那頂安全帽那樣就好。」

像禮子的越野帽上頭附的護目鏡那樣就行了。反正開銷差不多，能在保護眼睛的同時感覺到風會比較好。

禮子聽聞小熊的話語，將搜尋關鍵字改成「護目鏡」來找。這次跑出了一大堆價錢和設計各有不同之物，令小熊陷入了混亂。

對於螢幕單方面地塞過來的資訊有些疲倦的小熊，坐在椅子上伸了個懶腰。圖書準備室正在進行內部裝潢工程。角落有個人站在梯子上，拆除著壁材。

那是全身上下穿著工作服的男子。他手持刮刀，僅僅是刮除壁紙卻戴著口罩和護目鏡，身上的裝備顯得有些過頭了。

那副護目鏡的外型既像是潛水用的蛙鏡，也像是消防隊會用的那種，保護眼睛不受粉塵或藥劑傷害的東西。小熊忽然從電腦椅站了起來。

小熊小跑步到工人身邊，對著內心不明來意而望著她的男子說：

「叔叔，你眼睛上頭戴的那個是什麼呢？」

工程逐漸邁向尾聲而行有餘力的工人，頗為詳盡地告訴了她。這東西叫作安全護目鏡，既堅固又好戴，也有許多人拿來騎機車用。如果想要的話是可以幫忙跟他們的合作廠商訂購，不過得要下星期才會到貨。附近的大賣場或工具店也有在賣，價格也便宜，還是在那邊買會比較妥當。

工人大致告知後，小熊便深深鞠了個躬，回到電腦桌前。

小熊指著電腦螢幕，對不知何故望著她嘻嘻笑的禮子說：

「抱歉，那個我不要了。」

小熊過了一個好像有斬獲又似乎沒有的午休，一副等不及下午上完課的模樣衝出教室，騎著Cub跑到去過好幾次的大賣場。風依舊會打到她的眼睛。

就如同工人叔叔所告訴她的，安全護目鏡就放在大賣場的保安用品區。

黑色橡膠製的外框嵌著透明鏡片，還附有緩衝的海綿——是如此單純的款式。

小熊將東西抵在眼睛上，望向賣場裡的鏡子。雖然這是一副遮蓋了半張臉的誇張護目鏡，但奇妙的是看起來不會很矬。

小熊到收銀檯去結帳。這要一千一百圓。接著將會決定，這是個好東西或者是浪費錢。自從開始騎乘Cub後，這種雀躍的狀況變多了。

僅買下護目鏡這樣東西的小熊，回到停放著Cub的停車場並戴起安全帽，調整著馬上就拆掉包裝的護目鏡繫帶，從帽子上面戴上。

覆蓋了小熊半張臉的大型護目鏡，就像是量過安全帽開口處一般緊密貼合，也幾乎不會令視野變窄。

小熊戴上保護眼睛的護目鏡，為了踏上歸途而騎到幹道去。

16 速度

這是給安全帽裝上防風護目鏡之後的初次上路。小熊的速度感為之一變。

目前為止只要騎得比腳踏車全速疾馳還快，暴露在風或是懸浮於空氣中的灰塵之下的雙眼便會刺痛，無法期待視線正常無礙；然而一旦戴上了護目鏡，雙眼便能像靜止不動時那樣看東西。

小熊買了便立刻戴起來騎車，踏上從大賣場到家中這段歸途。注意到體感速度不同，她直直騎過轉彎便是自家公寓所在的縣道路口，在甲州街道上往西北方而去。

這條路至今她只有搭母親的車購物時走過，次數寥寥可數。平日午後的街道，前後方都沒有車輛。買下這輛Cub後，小熊第一次將油門催到底。

她能夠憑引擎聲和風切聲感覺到，車子的速度逐漸增加中。在護目鏡保護之下的視野相當清楚，無論是路況或儀表板都清晰可見。

時速表的指針到達頂點後，接著朝右半邊迄今都無緣碰觸的領域邁進。

在指針前進到儀表刻度後半段的一半左右，小熊開始為速度感到害怕了。先前多虧了有風這個限制，她並沒有騎得這麼猛，但現在的小熊戴著護目鏡，可以直視這份速度。

小熊鬆開把手，恢復為儀表指針來到正上方的巡航速度。好慢。她陷入了「自己是不是下車用雙腳在跑」的錯覺。

離開了市區，四周淨是農地的道路不斷綿延著，一望無際。

小熊再次加快了速度。如果是這樣的速度，便能夠看到至今無從得見的東西了。

Cub持續加速。引擎的狀況極佳，時速表的指針即將來到刻度的終點了。

望見前方有車，小熊連忙拉下前後煞車桿。那輛車並未仔細確認，便從路旁的店鋪開出來，害她險些追撞上。

小熊才想說好不容易避免撞上了，卻連意識到流下冷汗的空檔都沒有，就有其他車輛從後方接近而來。

平常這時她會靠邊讓車子超過，但小熊卻加快了Cub的速度。

方才差點撞上的前車，以這條國道的平均巡航速度開著。小熊調整著車速，保持適當車距跟了上去。後方車輛也拉開距離，跟在小熊後面。

小熊配合許多車輛自然打造出來的車流騎乘著。這是自從她開始騎Cub以來，初次意識並自覺到，自己是走在車道上的一分子而參與其中。

她心想，禮子八成已經體驗過這份速度了吧。她眼中所見的，必定是更快的世界。這麼說來，裝在禮子郵政Cub上的改裝品之一，那個藍色盤面的時速表上頭刻劃著的數字，高達一百二十公里。

小熊看向自己的時速表。刻度印著輕機所充分必要的數字，而指針在上頭傾斜著。彷彿像是要不斷向前伸出手，追趕跑得比自己還快的人一般。

小熊如此騎了一會兒後，前方出現一塊藍色的牌子。

那塊路牌顯示著國道目的地——也就是到達諏訪和松本的距離。

倘若騎著Cub跑那塊路牌上頭寫的距離，是否能到某個不一樣的城市去呢？小熊內心如此想，而後回想起Cub和腳踏車不同，騎乘會消耗汽油。

儘管安裝行李箱和安全帽的防風對策以出乎意料的低預算擺平，但她將目前為止的儲蓄都花在購買Cub上，因此這個月手頭有些吃緊。

小熊在前後皆不再有車輛往來的時間點迴轉，踏上回公寓的路。

她並非對陌生城市沒有興趣，只是想好好地將今天初次體驗到的速度感帶回去，不

讓它被其他經驗給蓋過。

零食也是一樣。在舌頭被甜味麻痺之前將袋子封起，一點一滴慢慢吃，藉此享受許多次的餘韻，這樣自然是比較理想的。

現在小熊能夠在毫無抗拒的狀況下，讓Cub跑出合乎一般車輛常識的速度，因此一下子就抵達位在日野春車站附近的公寓了。

這個家了不起只有收音機能提供娛樂，但她認為今晚一定可以帶著期待無比的心情入眠。

小熊走在從停車場到公寓房間這數十公尺的路上，在想像當中騎著Cub奔馳。

17 路上小心

小熊等不及學校放學了。

昨天戴上護目鏡騎車的她，成功跑出了先前輸給打在眼睛上的風，而無法發揮出來的速度。

原本絡繹不絕地被其他車輛追過，現在她能夠以相同速度跟著車流騎在幹道上了。光是如此，小熊便體會到騎著Cub能走遍天涯海角的滋味。她為了反覆體驗這樣的感覺，按捺著想騎更遠的心情回到了公寓。

無論是由停車場走回房間這段期間，或是吃著僅有真空冷凍配料的水煮義大利麵這樣的晚餐時，甚至就連洗澡的時候，她都在享受殘留於身上的感觸。

第一次騎乘中古車行買下來的Cub時，她沒能嘗到這種感覺。平安騎到公寓或學校就已竭盡全力，她從未思考過享受騎乘行為本身的樂趣。

開始騎機車幾天後，總算能將Cub如同自己的雙腿般操控自如，在小熊的心中湧現這樣的實際感受。

既非電車亦非汽車，但不遜於這些東西的專屬移動機械。

自家附近那些過去只在地圖上看到的各種地方，也引發了她的興趣。說不定可以到只有在購買大件物品的時候，才有辦法去的鄰近城市。

進入夢鄉的小熊，連在夢裡都騎著Cub。她作了一個騎著機車，奔馳在國中時去過幾次的東京都心這樣的夢。

隔天早上醒來時，她覺得這也未免太貪心而害臊了起來。

總之今天放學後，小熊想騎到遠一點的地方去，試著稍微碰觸夢想的一角。

她和禮子共進午餐已成了習慣。小熊在班上沒有會閒話家常的朋友，而她這個不會被任何人注意到的變化似乎被禮子察覺了。禮子吃著以雞蛋和培根為餡料的印度南餅，同時竊笑著。

「我剛開始也是戴附贈的瓜皮帽，所以第一次戴上全罩帽時，感覺就像妳那樣。」

小熊吃著調理包做的雞肉蓋飯便當，撫摸著收納自己那頂安全帽的鐵箱。

「我想要到處騎騎看。」

禮子也凝視著自己的郵政Cub，敲著映照在紅色後箱的太陽說：

「我也是。」

南阿爾卑斯山麓夏天的暑氣，要比都市來得緩和。也差不多到了在屋外吃午餐會冒汗的時候了。

暑假的腳步逐漸接近。

放學後，小熊將上學用的背包放進引擎已發動的Cub後箱，而後戴上附有護目鏡的安全帽。

護目鏡原本是拉抬到帽子的額頭處，小熊將它拉低到臉部，用手指穿過繫帶調整位置後，再戴上手套。

人在一旁和小熊一塊兒暖車的禮子說了句「那路上小心」，便一如往常地騎著嘈雜的郵政Cub離去。就在小熊也正要起步時，禮子的紅色Cub拐了回來。

禮子遞出了一張小紙片，收據後面寫著些什麼。

「這是我的手機號碼，有什麼事就跟我聯絡吧。」

小熊直到這時才留意到，自己沒有和禮子交換手機號碼。她們倆之間的關係，不知道是否稱得上朋友。

她們同樣是Cub車主。搞不好這比在同一個班上閒聊的朋友，關係更為緊密。

小熊是在自己和Cub與其他車輛或機車成了對等關係後，才意識到這點。

買下輕機前慌忙考取的駕照，並不怎麼令小熊感動。和學生證一樣是附有照片的身分證明文件，可是卻格外費錢費事——坦白說，她的記憶只有這樣。

小熊慢慢開始覺得，禮子給她的手機號碼紙條，對自己而言是種證明了。

她把禮子的號碼登錄在幾乎空空如也的手機通訊錄，再將寫著號碼的紙條珍惜地收在制服毛衣的胸前口袋，緩緩騎著Cub起步。

今天她要騎著Cub到先前沒去過的地方。她克制著急的心情，小心翼翼地上路。因為禮子說了「路上小心」。

倘若是朋友所說的就算了，不過同樣是Cub車主說的話，她會一字不漏地誠摯聽進自己的心坎裡。

小熊的手輕輕擱在放有禮子紙條的背心口袋上。

電話號碼已經輸入手機了，當回到公寓後把制服掛在衣架時，這張紙條將會和購物收據一起被丟掉吧。

不過，小熊不會忘記她說的話。

18 機油

小熊開始騎著Cub四處繞的數天後，迎向了一個新的階段。

里程五百多公里的中古Cub，交車後的累積里程已經超過了一百公里。

剛買下來那陣子，Cub都是來回騎在自家公寓到學校這段兩公里多的距離。現在車子一天的里程因為小熊要添購幾項裝備的關係而大幅度增加，那一百公里後面的五十公里，是這幾天所騎乘的距離。

小熊的行動半徑也截然不同了。

不是騎著能夠跟上其他車流巡航的Cub走甲州街道到隔壁的韮崎市，就是沿著中央本線的軌道去北杜市中心的須玉市區。

由於仰賴學貸的生活費被Cub花光了，她就只是騎車來回兜風，並沒有特別買什麼東西。然而，小熊心中明白自己所能認知到的世界，範圍正逐漸擴大。

小熊很享受騎車這個行為。

Cub和自己的雙腳不同，是靠引擎驅動的機械產品。要讓它在路上跑，有很多非做不可的事情。

在早上的通學時間中，騎乘距離突破了一百公里的小熊，決定放學回家時再去處理要事。

就油量表來看，交車後隨即加滿的汽油還剩下一半多一點。不過，Cub所需要的並不僅是汽油而已。

在停車場和騎著郵政Cub的禮子道別後，小熊騎著車離開學校，前往和自家公寓相反的方向。

在縣道直直騎了兩公里左右，小熊將車子停在路邊一棟藍色建築物前面。

這裡是小熊買下這輛Cub的中古車行。她向在店門口整修機車的光頭老人打過招呼後，老人便抬起頭來看向Cub、再看向小熊。

「想不到妳這麼快就帶它來了。」

小熊摘下附有護目鏡的安全帽，向頂上無毛的老闆說：

「麻煩您幫我換機油。」

頭頂光溜溜的老人一聽見小熊這麼說，隨即牽起引擎還很燙的Cub把手，將它推進店裡頭去了。

騎乘一百公里便要換機油，是小熊買車時老闆交代的。
雖然新車沒有必要，但長期未行駛的中古機車，基於清洗內部零件的意義，在這樣的距離換一次機油，似乎能延長引擎的壽命。
一百公里一次，五百公里再換一次，之後每一千公里一次。
到了那時候，能夠自己換機油會比較理想。
就小熊從旁觀察，這項工程看來並不困難。就只是拆下洩油螺絲將機油漏掉，而後拴緊螺絲，從引擎上方灌入新的機油。
下次換機油的時候再看一次作業流程，之後問問禮子或在學校圖書室上網查，感覺自己也能辦到。
要持續騎車，必然會有開銷存在。因此自己動手處理辦得到的程序，盡可能減少花費會比較好。
為此，小熊首先需要的是拆卸螺絲的工具，還有現在加進車裡的機油。
在一旁觀看換油作業的小熊，指著店裡放的機油罐，向光頭老闆問道：
「這個在哪裡有賣呢？」
「有在賣機油的地方到處都有喔。」

小熊這幾天已習慣了騎乘Cub閒晃，也會到大賣場光顧了。她知道汽機車機油的價格有高有低，種類琳瑯滿目。可是小熊不曉得該買哪種機油給Cub用才好。

老闆看向印有本田商標的罐子說：

「只要買這款機油就好嗎？」

「那樣最好。」

換好機油並檢查過煞車、輪胎和電系等各部分，童山濯濯的中古車行老闆便結束了作業，開口索取五百圓。這個金額可以加滿一次油。雖然小熊並不清楚這樣算便宜還昂貴，不過這是必要成本吧。

小熊付錢的同時，側眼瞥向機油罐。

不曉得會是何時，但再跑五百公里後的第二次機油更換，也會委託這裡處理吧。之後就要自己動手了。

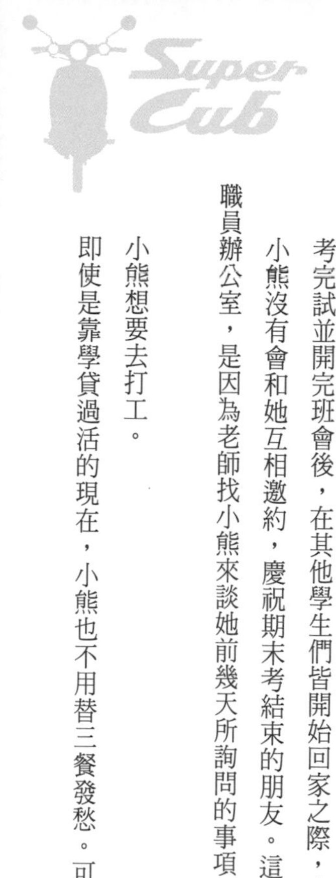

19 信使

這個夏天，小熊開始騎乘Cub。

期末考也風平浪靜地結束了。

高二的第一學期，對未來出路並沒有具體的展望。小熊心想「只要別考不及格，搞到需要上輔導課就好」，於是考前只有重新翻過課本和筆記來複習。至今從未失準的自我評量結果顯示，考試成績如她所料，所有科目都獲得了比平均再高一點的分數。

只要上完明天的課，隔著結業式和暑假相繫的考後休假就要開始了。

考完試並開完班會後，在其他學生們皆開始回家之際，小熊人在學校的教務處。

小熊沒有會和她互相邀約，慶祝期末考結束的朋友。這樣的她之所以會在教務處的職員辦公室，是因為老師找小熊來談她前幾天所詢問的事項。

小熊想要去打工。

即使是靠學貸過活的現在，小熊也不用替三餐發愁。可是自從買下Cub後，需要錢的狀況就變多了。
車子本身所需的頂多只有汽機油和些許追加配備，但小熊騎著它四處晃而拓展了行動範圍，開始見到世上許多事物，進而想要各種東西。
在申請學貸前，和失蹤的母親一塊兒過活時，小熊是個缺乏物質慾望的少女。
而今她的公寓依然只有桌子、少許家具和廚具，娛樂用品了不起只有收音機而已。她從未因此感到不足或坎坷。
自從開始騎Cub以來，小熊有添購像是安裝在後貨架上的行李箱，或是保護眼睛的護目鏡這些必要之物。然而目前騎乘所需的裝備大致蒐羅完畢後，接下來就在意起還不曉得是否必要的東西了。
穿著上學用的樂福鞋騎Cub，踝骨不時會碰到引擎而感到火燙。
雖然當心點就能避免，不過考慮到摔倒時的狀況，比起讓腳踝或踝骨裸露在外，她會想要一雙保護這些部位的鞋子。
小熊現在戴的手錶是百圓商店買來的電子錶，錶帶扣很鬆導致時常會脫落，因此大多時候是丟在房裡不戴。
時間她會用手機看，也不會因此感到困擾，但騎著Cub的時候無法拿手機出來看。

她想要一只新的手錶。

除此之外，她還希望有件穿在制服上頭的夾克，避免騎車時衣領被吹得啪噠作響。不然就是想要個鑰匙圈好串起車鑰匙、公寓鑰匙和行李箱鑰匙。愈來愈多東西令小熊在意了。

仔細想想，這些想要的物品全都和Cub有關。是Cub將物質慾望植入了迄今過著儉樸生活的小熊心中嗎？抑或是Cub讓她看見了自己的所需之物呢？

無論如何，要獲得那些東西都需要錢——內心如是想的小熊，向學校教務處詢問了打工的事情。

山梨的鄉下遠離大城市，也沒有什麼地方在徵人。到超商去至少會有甲信越（註：山梨、長野、新潟三個縣的總稱）地區版的打工情報誌，但小熊認為要找到好工作，最好還是多方探詢，於是也向教務處提了此事。雖然為數不多，不過他們也有仲介學生打工或志工活動。

而小熊在考完試的放學後，被教務處找了過去。

負責總務的老師說，有份工作正適合當小熊的暑期打工，而遞出了一張徵才資訊。

徵才資訊上頭所寫的事情，儘管有些特殊卻很容易理解。

打工內容是運送文件。在暑假期間，每天早上都要來學校領取各類文件，而後送到位於甲府的姊妹校辦公室。

兩間學校之間預計在暑假舉辦教員共同研習。在必要文件當中，有許多重要的東西無法透過傳真或電子郵件附檔的方式寄送，或是等不及花好幾天郵寄。這份工作便是要運送這些物品。

過去是由手邊有空的老師開車送達，不過似乎在數年前，變成從學生當中募集工讀生了。

往返一趟的酬勞是兩千圓，主要是跑早上和傍晚這兩趟。必要的油料等各種經費，已經包含在工資當中了。

這份打工對開始騎著Cub到處跑的小熊而言，可說正中下懷。既然每天都有工作，那麼收入也不會太差。暑假期間每天到學校報到，對於假日沒有賴床習慣的小熊而言，也不成負擔。

老師知道小熊過著連購買喜歡的東西都無法如意的學貸生活，還有她最近開始以輕機通學，於是介紹了最適合的工作給她。

小熊被工作內容給吸引住了。這份打工鐵定比超商賣的情報誌所找的還好賺許多。略作思索後，小熊回答道：

「請讓我考慮到明天。」

期末考的隔天，明天就要開始放考後休假的學校，發出有些懶散的氛圍。小熊則是比平時還早到校。

禮子在教室裡認真地看著國土地理院的地形圖。小熊向她打過招呼，脫下穿在襯衫和深藍背心這套夏季制服上頭的運動夾克後就座。期末考之後的課程，在沒什麼特別內容的情形下結束了。

到了午休時間，小熊一如往常地在停車場和禮子一起吃著便當，同時告訴她昨天老師介紹的打工一事。

「那是信使嘛。」

「信使？」

小熊回問後，禮子便開始解釋。

「正式說法是外交信使。這份工作，是直接運送基於保密關係而無法交給其他人的外交文書。現在也如此稱呼物流公司的小額國際郵件。」

見到小熊露出似懂非懂的表情，禮子問道：

「所以，妳要接下這份工作嗎？」

小熊吃了一口放在腿上的便當，回答：

「嗯，我要做做看。」

禮子並非看向本人，而是小熊所吃的那個不同以往的便當，然後點頭回應。

那是甲州雞肉飯——JR甲府車站所賣的鐵路便當。

在接下運送文件的工作之前，小熊想先實際看看自己要跑的路線後再決定。

她曾去過離公寓有十多公里的韮崎，知道那不是會對自己造成負擔的遙遠區域。可是，甲府的距離是那裡的兩倍。

她並不是去玩的。這份工作是要保管重要文件並將其送達，可不能半路說什麼不幹了。萬一遇上意外或機車故障導致進退維谷，則必須藉由其他方式完成任務。

今天早上，小熊比平時還早了兩個小時離開公寓，在清晨的道路上騎著Cub朝甲府車站而去。

她在車站買了便當，經過和來時路不同的縣道十七號回到公寓附近，然後就這麼直接前往學校。

小熊在停車場看向機車里程表所記錄的數字。來回四十多公里，所需時間則是將近一個半小時。去程騎在早晨車輛稀少而順暢的路上，回程則是騎通勤車輛變多而塞車的

道路，小熊確定了這份工作自己做得來。

比起平常的手製便當要來得貴不少的鐵路便當，就像是自我確認來往甲府的必要經費。明明還沒開始工作，卻打著日後薪水的如意算盤，或許她的膽子稍微變大了點。

過完午休時間並上完下午的課，小熊在停車場一如往常向禮子道別。

她們倆並非會在假日相約出遊的關係。下次見面就是九月的新學期了。

「打工加油嘍。夏天我也會去兜兜風的。」

「嗯，路上小心喔。」

禮子騎著聲音比平常要大的郵政Cub離去後，小熊前往辦公室完成了簡單的手續，之後將開始做暑期運送文書的工作。

從明天開始，小熊將和這輛Cub一塊兒成為信使。

20 配備

隔天便要開始打工的小熊，從學校回家之前先繞到了一個地方去。那裡是她去過好幾次的韮崎大型賣場。

從明天開始，就要每天騎Cub打工了。倘若要跑往返兩趟至少約八十公里的距離，那麼需要進行相當的準備。

略顯猶豫地買下幾樣東西的小熊，順便到加油站把油加滿後才回到公寓去。

距離傍晚尚有一些時間的夏日午後。小熊回到房裡淋浴把汗沖掉後，將洗好的衣物收了進來。洗衣機是前任房客留下的東西。

迅速摺好該疊起來的衣服，再將它們收到代替衣櫃使用的抽屜式收納箱，小熊挑了幾件換洗衣物丟到床上，而後由包裝袋取出今天買的東西。

小熊攤在床上的是高中體育服。它和制服一樣，整套都是土裡土氣的一身深藍色。

由於明天就開始的打工被視為校務的一環，老師要她穿制服過去，但小熊客氣地反

駁道：

「我覺得穿制服有點危險。」

腳踏車等級的速度不會令人在意，不過一旦和其他車輛一樣以相同的巡航速度騎在幹道上，襯衫衣領、背心下襬和裙子頓時便會被吹得亂七八糟。

萬一隨風舞動的衣服勾到哪裡或妨礙手腳運作，可能導致意外這點自不用說，每天穿這樣騎大老遠會耗損制服——小熊說的話帶有這樣的顧慮，但老師可能把「危險」解釋成別的意思了，很乾脆地便告訴她「穿運動服也行」。

造訪其他學校時穿著制服是禮貌，不過運動社團的學生都擺出一副「這就是我們的制服」的態度，穿著體育服到別的學校去。

雖然小熊做體育服打扮待在其他學校，八成也只會被教職員或學生以為是為了社團相關事務才來的，但以小熊的角度來看，反正都會引人注目，還是穿得不起眼比較好。

一般認為，山梨北部即使是夏天也用不著開冷氣。隨著傍晚的腳步逐漸接近，南阿爾卑斯的風便涼了起來。

小熊換上了預計今後要穿的運動衫和夾克。她拉上拉鍊，低頭看向依然俗氣的深藍色體育服，打開床上那些今天買的東西。

首先是鞋子。從以前她就想要一雙適合騎Cub，鞋筒覆蓋到踝骨的鞋，而大賣場有一雙感覺恰好適合的高筒運動布鞋只要一千圓，於是她買了下來。

另一個是手錶。希望在騎車時也有一只錶能夠看到正確時間，而非手機或錶帶損壞的百圓手錶，小熊買下了在大賣場的鐘錶專區發現的卡西歐電子錶。

這東西也是一千圓。對鐘錶的針並不抱持感傷或空想的小熊，比較喜歡隨時都專注在告知自己正確時間的電子錶。

做運動服打扮，把鞋帶穿過剛買的籃球鞋並著裝，而後戴起手錶的小熊，將自己的模樣映照在洗手台的鏡子上。她的房裡沒有全身鏡。

熟悉的樸素臉龐配上妹妹頭。清一色深藍的運動服，怎麼看都是鄉下的高中生。儘管如此，明天開始它就會是小熊的工作服了。

套裝、手錶和鞋子——小熊就和新人上班族一樣，試圖以全新的鎧甲和配劍，填補內心的不安。

最起碼明天得好好工作，獲取日薪才行。不然的話，因為今天的花費導致荷包幾乎空空如也的小熊，將會餓成人乾。

一思及此，小熊的肚子就叫了。她從囤積的糧食中選擇稍微貴了點的漢堡排調理包

和雞蛋，吃過晚飯後便穿著運動服、球鞋和手錶，早早就寢了。

一心想著要睡，便緊張得睡不著。她帶著「非睡不可」的念頭，硬是將身體拖進了夢鄉中。

21 第一天打工

考後休假的第一天。

這個實質上開始放暑假的日子，小熊起得比平時上學還早。

小熊的暑期打工是從今天開始。高二初次體驗的工作，是協助處理校務。

昨晚穿著要當成工作服的學校體育服直接入睡的小熊，一度褪去體育服和內衣褲，沖了個冰涼的冷水澡。

與其說是為了把身子弄乾淨，更重要的是刺激皮膚和全身，除去精神緊張所帶來的身體僵硬。

赤身裸體的小熊再度檢查今天要帶出門的東西，而後換上新的內衣褲，再穿上運動衫和夾克。

她準備了加入滿滿牛奶的即溶咖啡、沒烤過的吐司和一整顆番茄當早餐。

小熊將塗了奶油和果醬的吐司及咖啡交互送進口中，同時咬下沾了鹽巴的番茄。接下來她要做的工作，是騎著Cub在幹道上運送文件。萬一發生意外有可能會受傷，或是

更嚴重的狀況。

要盡可能避免自己變成像這顆番茄一樣——小熊帶著這樣的心情，結束這頓早餐。

由於已經整裝完畢，再來就是帶齊出門要用的東西了。話雖如此，她並沒有聽說需要特別帶些什麼。她決定姑且帶著平時上學或騎車出門時會攜帶的東西，像是放有駕照的錢包、手機、鑰匙，再來頂多就是原子筆了。

她的手機通訊錄裡頭，存有禮子為了以防萬一而告訴自己的手機號碼。不過禮子有說放假之後要騎著郵政Cub去溜達，人應該已經不在這一帶了吧。

放暑假前，小熊有問禮子要上哪兒去，她只說要去一個「既近又遠的地方」。雖然小熊心中在意究竟是哪裡，不過她隱隱約約明白這是「目前還不能說、不想說」的意思，於是並未追問下去。

小熊發現，自己對別人的一舉一動開始抱持興趣了。但她不曉得自己是在意禮子，還是她所騎乘的那輛紅中帶藍的改裝郵政Cub。

邊想事情邊著手準備的小熊，猶豫著錢包和手機放到夾克口袋嫌占空間又容易弄掉，該收在哪裡好。而後她決定塞在房裡那個黑色的樸素腰包裡，再斜揹起來。

小熊戴上昨天買的電子錶，拿起安全帽和手套，穿上還很新的籃球鞋，握住了玄關大門的門把。

事已至此才在意起自身模樣的小熊，將一度綁好鞋帶的球鞋脫掉後回到房裡，用浴室那面小小的鏡子確認自己的外貌。

一成不變的容貌和黑髮妹妹頭，以及清一色深藍的運動服和斜揹起的腰包。

重新看見這副樸素不起眼的模樣，小熊並未失望而是感到放心。不過她心想，假如自己未來要上班的話，最好還是在玄關前擺張全身鏡，而不是利用洗手台的小鏡子。

那並非為了把外表妝點得光鮮亮麗，而是為了確認自己沒有打扮得丟人現眼。

小熊發動Cub的引擎，特地依照平時的速度和騎乘方式經過上學路線，抵達學校。

她前往辦公室裡的教務處。迄今沒有特別的要事，就不太會上那兒去。她的心情就像是走進了時常光顧的店內深處，除了工作人員之外，客人禁止進入的地方一樣。

小熊向教務處已經來上班的負責老師打過招呼後，即將屆齡退休的老教師便省略了開場白，把放在桌上的布包遞給小熊。

「妳把這個送過去。」

那是以厚布料製成的灰色束口袋，袋子一角有著「學校相關文件」的留白字樣。

現在雖是平常開始上第一堂課的時間，不過由於假日上班的關係，老教師的眼神還沒完全清醒。因為這段對話實在太過簡潔了，小熊姑且出言確認道：

「請問有時間限制嗎？」

「妳只要在中午前回來就行了。」

小熊對老教師單純的指示和輕盈的文件袋感到掃興，鞠了個躬便離開辦公室。她覺得先前的緊張似乎稍微緩解了。

這個包包，就像是禮子口中的外交信使會拿的郵包。小熊把它收進Cub的鐵製行李箱中並上鎖，而後跨上車子騎了出去。

從這裡到甲府要騎二十多公里。依照昨天實際來回跑過一趟的感覺，單程大概要四十五分鐘左右。

小熊哼著早上收音機聽到的歌曲，騎在甲州街道上往東邊而去。

儘管緊張的情緒數度緩和了下來，她的雙手從今早就抖個不停。而車子的前輪則是敏感地反映出這個狀況，些微晃動著。

小熊好不容易才讓快要失去穩定的車子筆直前進著。

22 甲府

由北杜到甲府這段路，比想像中還順暢。

雖然初次為了工作騎乘Cub也令她感到緊張，不過配合甲州街道的車流騎著，里程表不知不覺間便往前跳了。

小熊是實際跑過自己將要經過的路才接下這份工作，然而上午時分的現在，路況比先前體驗過的兩段——車流快速的清晨去程，以及上班時間開始塞車的回程要來得好。

目前的車流多屬卡車或營業用車，時速和小熊認為的最適合的巡航速度相差無幾。只要跟著前車走就不會被後車逼車，也不會因為速度慢而感到壓力。

她通過前幾天才覺得「已經跑到這麼遠了」的韮崎市區，慢慢接近目的地甲府。

小熊在半途騎到分岔至縣道十七號的路上，前往山梨縣廳所在地——甲府市街。

這座山梨最大的都市，有著北杜當地所看不到的大型百貨和鬧區。小熊帶著「穿運動服騎Cub的自己，跟這裡很不搭耶」的念頭眺望街道，同時抵達她要去的那間高中。

她略微猶豫一下該把車停在哪裡好，但轉念一想，自己是因公而來的，於是便將

Cub停放在訪客停車場的一角。

小熊看向電子錶，從收下貨物的學校到這裡花了快五十分鐘。她心想：這是自己第一次因為工作而騎這條路，所以比較謹慎。但跑過幾趟後應該能再縮短一些時間吧。

小熊關閉機車引擎並脫下安全帽，再打開鐵製後箱的鎖，拿出裡頭的文件袋。這時她回想起自己是屬於外部人士的他校學生，為求慎重起見便繞到了校舍正門，告知警衛自己是來送教員共同研習的文件。

警衛爺爺在這所放暑假的大學附設高中看似閒來無事，他並未拿出訪客登記簿，只說下次可以直接從辦公室的側門進去。小熊鞠過躬，照警衛所言前往辦公室。

人在辦公室裡的共同研習責任教師，是一名還很年輕的女老師。她有著一張曬黑的臉龐和短髮，身穿T恤及牛仔褲。給人感覺好像有在當運動社團的顧問。

小熊敲了敲辦公室的門，老師便大聲地回了一句：「請進！」她打開門鞠了個躬進去後，便像是重複一次和警衛爺爺的對話般，放下揹著的文件袋，同時告知對方自己是來送研習文件的。

坦白說，比起騎車上路，到陌生學校跟不認識的老師說話更令小熊緊張，不過和警衛爺爺的對話似乎成了不錯的預演，工作進行得比料想中順利。小熊心想，一板一眼地照規矩來也不會白費工夫呢。

「辛苦啦！」女老師收下文件袋，開朗地笑道。之後她對認為已達成任務而準備回去的小熊說：

「在我確認完文件前，妳先待在這兒。」

小熊頓時有種自己工作不負責任的心情，連忙轉過身來。

女老師哼著歌打開束口袋，拿出裡頭的文件並馬虎地放在桌上說：

「今年也是由工讀生送來呢。」

小熊只回了一句「是」便低下頭去。這是她至今有意無意地閃躲打工的理由之一。她尋思：該不會得跟老師進行自己不怎麼擅長的閒聊吧？

感覺不太喜歡文字密密麻麻的女老師，一張張眺望著文件的同時，單方面對小熊閒聊。根據她所言，去年的工讀生是每天騎腳踏車送來的。

雖然身穿單車服並揹著郵差包，但坐騎卻像是竭力把大賣場的五段變速淑女車弄得像越野公路車一樣的東西。那個學生因為想要新的腳踏車，而開始這個每天騎兩趟單程

二十公里距離的打工。在暑假的尾聲，對方似乎如願得到了公路車，和足以騎乘的強壯大腿。

女老師話說個沒完，大概是在無人的辦公室裡，很缺談話對象吧。再前一年的工讀生，是開車過來的。

這個人是學生，卻買了自己高不可攀的車。為了擠出養車的費用，便開始利用汽車打工。當他攢了一筆錢後，卻搞壞了車子的引擎，結果只能把車子拿去報廢。

就在小熊僅出聲附和來應對的期間，確認完文件的女老師從椅子站了起來。

「我確認無誤地收到了。我現在要去泡茶，妳要不要歇會兒呢？」

小熊說：「我接下來得回學校去才行。」以此婉拒掉了。

「哎呀，真可惜。那麼，妳回去路上小心喔。」

小熊再次低下頭，而後提著空文件袋離開辦公室。

她由側門走到外頭，在停車場發動Cub的引擎時，有道聲音傳來。

「等等、等等、等等～！我忘了這個～！」

方才的女老師高喊出聲，跑過來追小熊。她的手上，拿著好幾個放了文件的透明資料夾。

這時小熊也注意到了。她的工作並不只是從自己的學校送件過來，還得收下回件並送回去。

女老師為自己的疏忽而頻頻道歉，但忘掉的人是小熊。她都快喪失自信了。

小熊將裝有回件的文件袋放進Cub的後箱，離開甲府的學校踏上歸途。回程的車流和去程沒什麼太大的改變。

正因她能夠在不怎麼緊張或繃緊神經的狀況下騎乘，剛才的失敗才會更往心裡去。

回到北杜市的學校後，小熊將文件袋遞給教務處的老教師。

老教師確認著內容物，同時說：

「正式開始放暑假之後就是一天兩趟，不過今天就到此結束了。明天見嘍。另外還有這個。」

老教師遞了一個信封給小熊。那是今天工作的酬勞。小熊在吩咐之下確認了裡頭的兩千圓，並填寫付款單交給老教師。

小熊拿著第一次勞動賺來的金錢，深深鞠了一個不曉得是今天第幾次的躬，然後離開辦公室。

儘管只有兩千圓，她卻感到手頭寬裕。來到停車場的小熊，碰觸引擎還發熱的車。

一度令小熊幾乎身無分文，如今它卻帶來了收入。小熊像是確認著自己的寶貝似的拍拍Cub後，跨上車子回到家裡去。

首次賺到的薪水。小熊心中盤算著，該吃點稍微奢侈的東西好，還是添購今後工作的必需品呢？結果她就這麼直接回自家公寓了。

現在是還不到中午的上午時分。和雖然稍有差錯，但平安結束第一天打工的感慨相比，疲憊感較為強烈，只吃了蕎麥涼麵當作稍早的午飯後，小熊就這麼一路午睡到傍晚去了。

23 暑假

可能是第一天的小小失誤洗去了晦氣，之後的暑期打工大致上順利進行著。

至今只騎著Cub出過幾次遠門、應對他校教職員，最重要的是初次打工的經驗，剛開始這些事情都令小熊感到緊張，但在數次往返之下，她的身體漸漸習慣了。

每天早上遞交文書給小熊的教務處老教師，以及收取文件的甲府年輕女教師，他們似乎開始知道小熊不擅長閒聊了。於是，他們為了不讓還要在幹道上騎車的小熊擔負無謂的緊張和操心，除了交付文件之外，不太跟她交談了。

小熊心想，幼時在東京生活經常見到的機車快遞，是否就是這樣的工作呢？雖然是要面對人的工作，所需要的禮節，卻和被要求親切或會閒聊的超市店員及推銷員不同。

假使世上存在著冷漠的自己也不會遭受抱怨的工作，那麼服務業或許還不壞。有一份工作感覺自己也做得來。儘管她還是學生，但光是如此便令她擁有加入了社會一環的感受。

小熊觸摸著固定在Cub後貨架上的黑色鐵箱。這和機車快遞的行李箱有幾分相似。

由於學校從考後休假期間進入了暑假，學生的輔導課也告一段落，教員研習正式展開了。

小熊的工作，變成一天往返早晚兩趟了。

學校會支付小熊往返一趟兩千圓的薪水，當作協助校務運作的酬勞。每當她收到日薪後，便會規規矩矩地存到學校附近的信用金庫去。

這個戶頭會有學貸匯入，學費及其他生活費便是由此扣除。雖然它曾經因為Cub和相關費用導致幾乎分毫不剩，現在數字卻一點一滴地增加。

來回兩趟共計四千圓的日薪，小熊存進了三千圓之後，放一千圓在錢包裡。

她兩天就要加一次油。小熊知道Cub加滿油可以往返甲府五趟，於是她要留點空間在跑完四趟的時候便去加油，剩下的用在生活費或其他支出上頭。

自從開始暑期打工後，她的餐費就變得便宜了一點。

迄今都是依賴著速食食品和調理包的小熊，開始會自己做一些簡單的菜餚了。

小熊並非不擅長烹飪，只是考慮到多餘的時間精力，打從和失蹤的母親一塊兒生活那陣子起，她就不認同自己開伙的必要性。原本如此的她，會慢慢自個兒挑選食材，動

手煮菜了。

和打盹也無妨的學校課程不同，在騎車打工時注意力低落將會導致意外發生，所以得好好吃飯不可。除了這個有實質利益的目的之外，小熊的觀念也有部分改變了。

先前外出不是仰仗腳踏車就是大眾交通工具的她，現在會騎機車了。

原先靠著學貸支應的各式花費，她能夠自己賺錢支付一些了。

並非受人驅使或情勢所逼，而是憑著自身意志和責任執行事情。因此，至少自己的食物要自己動手做。

這份打工在和學期中相同的時間前往學校，每天騎在同一條路線上。

既無變化亦無驚濤駭浪的日子不斷反覆，逐漸令小熊成長。

小熊的Cub在交車後騎乘超過一百公里時，曾經換過一次機油。

中古車行的老闆交代她，下次要在跑五百公里之後換機油。原本她無法想像那會是何年何月的事，不過第二次換機油的時期卻在持續打工當中輕易地到來了。

上次她是忽然造訪，老闆有告訴她下次也不須特別預約，但她依然慎重起見地撥了通電話，等打工結束後才前往中古車行。

在這陣山梨北部罕見的酷暑中，光頭老闆依然像先前一樣在店門口整修車輛。他並非對著稍稍低頭致意的小熊，而是看向Cub放鬆了眼角。老闆暫時停下手邊的工作，開始替小熊的車子換機油，以及進行各部位零件檢查。

他將車子推進店裡的作業區域並立起主腳架，轉開機油蓋後鬆開引擎下方的洩油螺絲，擺好容器後迅速抽起螺絲，讓機油漏出來。

在等待機油流光的這段期間，他以目視檢查車體各個部位，而後踩下啟動桿或搖晃車身，讓剩下的機油流乾淨，再鎖上裝了新墊圈的螺絲，最後把機油灌進去。

將機油加到某個程度後，他一度轉緊了蓋子並發動引擎，數次轉動油門後關閉引擎拿掉蓋子，再以蓋子上所附的機油尺確認油量。

在上次更換機油時只是茫茫然眺望著的工序，這次小熊目不轉睛地看著。

老闆檢查過輪胎、煞車、鍊條等部位後，望向Cub洩出來的機油說：

「妳騎得很謹慎，甚至謹慎過頭了。」

這番話是什麼意思？小熊聽不太懂，可是她認為，那將會在日後的騎乘之中自行體會到吧。

她支付了更換機油的費用五百圓。這價錢比她所加的機油還貴，但她在和禮子聊天時得知，要拜託專家換機油，這已經算是破盤價了。

小熊道過謝，走出中古車行。

她並未直接回家，而是跑到韮崎的大賣場買了本田的罐裝機油、一千圓的工具組，還有機油處理箱。

車行老闆說過，今後每一千公里換一次機油。而到時能夠自己換機油會比較理想。因此小熊才會注視著今天的流程，儘管距離下次換機油還早，不過卻買齊了必要的物資。

因為這是她的Cub，最起碼換機油要自己來。

マジック

24 敵人
みんな
合格
数学Ⅲ
大学

Cub這個日常交通工具和暑期打工的工作用具，小熊已逐漸運用自如。都到了這個關頭，她才遇到機車騎士最大的敵人。

時間點是在運送文件的打工途中，一天兩次往返當中的傍晚去程。介於晴天和陰天之間的夏日天空被不祥的雲朵覆蓋，而後敵人開始毫不留情地進行了攻擊。

是驟雨。

為了躲避這陣無從逃跑的烏雲，小熊騎著Cub疾馳到位於目的地甲府的高中，但運動服和安全帽卻都被打濕了。

幸好要運送的文件在車後的鐵箱中平安無事。小熊為了盡量少淋點雨，小跑步前往那位收件人——年輕女老師所在的辦公室。

女老師獨自待在暑假時分的辦公室，一見到小熊的模樣便吃了一驚，而後從桌子抽屜拿出一條毛巾遞給她。

小熊接過毛巾，聊勝於無地擦著濕掉的運動服，同時將文件袋交給老師。這是她從停放Cub的停車場到辦公室這段路程，自己挺身所保護的袋子。

道過謝並歸還毛巾，確認今天沒有要送回去的文書後，小熊隔著窗戶看向外頭雨勢漸強的風景，煩躁地打算站起身，但女老師留住了她。

「既然這是夏季午後雷陣雨，妳最好還是等到雨停喔。」

面對聽勸重新坐好的小熊，老師為她泡了杯茶。

這個女老師感覺有在擔任運動社團的顧問。由於她們倆不曾深入聊過，因此實際是否如此，小熊不得而知。

小熊本身不擅長聊天或閒話家常，而女老師似乎顧慮到這點，不發一語地專心確認著送來的文件。

小熊喝著熱茶，心想「這個人依舊一副不喜歡文字密密麻麻的模樣」。

下雨天的辦公室，時間在彼此不吭聲中流逝。小熊總覺得待起來很尷尬，用於招待客人的淡煎茶很難喝。

無論何時，辦公室的茶飲味道總是很糟糕。小熊認為八成是環境惹的禍。從前她喝過這東西，是隨著母親的失蹤，而有必要辦理學貸撥款手續的時候。

不久之後，雨勢如同女老師所言停歇，令機車騎士放心的陽光照了進來。小熊感謝老師提供的熱茶和毛巾後，從位子上站起。她在離去之際，試著開口詢問道：

「請問您有在擔任什麼社團活動的顧問嗎？」

「這麼說來，我好像還沒提過？我帶的是文學社喔。」

小熊內心認為那是這老師最不可能沾上關係的社團活動，但對話並未活絡地繼續下去，她便從辦公室告辭了。小熊也不曉得，自己為什麼會這麼問。

會是覺得喝了人家一杯茶，好歹給點好臉色看嗎？還是說，至今對他人不感興趣的小熊，在她的根本並未改變的狀況下，如同這場驟雨般產生了某種變化嗎？

小熊思索的事情，被騎著Cub走過甲府至北杜這段歸途輕易地打斷了。一度不再下雨，甚至探出藍天的天空又再次轉陰，這次下了一場交織著閃電的大豪雨。

由於沒有文件要送回學校，連內衣褲都濕透的小熊直接回到公寓。她將濕掉的衣服拋在一旁，在洗澡的同時思考下雨這個難題。

原以為Cub要上哪兒去都行，可是一旦下雨就另當別論了。不但視線會變差，輪胎會打滑，最重要的是身體會濕掉。處在這種狀況下長時間騎車，也會感冒吧。

由於小熊是在梅雨時期過後的初夏買車，先前才有辦法避免遇上堪稱騎士之敵的雨水，不過今後也沒辦法避開了吧。

隔天以後，小熊連續兩天被雨水給淋濕了。

自從最初那場驟雨後，她將騎乘腳踏車時會穿的塑膠雨衣放在Cub的後箱，但雨水毫不留情地滲進只有釦子閉合的前襟，而且它的尺寸似乎也不合身，到處被風吹得亂七八糟的。

雖然她覺得這樣乾脆不要穿還比較好，但情況也不允許她說這種話。小熊可不能放任身上滴著雨水，走進工作的地點——亦即職員辦公室。

小熊在雨停後的打工歸途繞到大賣場去，在工作服專區尋找一種叫風雨衣的東西，但總找不到特別中意的。

這件騎機車感覺會勾到東西。這件和腳踏車用的一樣都是普通的塑膠製品，感覺會很悶熱。這件的顏色她不喜歡。

由於來往甲府，山梨中央市成了她的行動範圍。結果，她跑到那兒的大型中古機車用品店去，稍微多下了一些本，購買未使用過的二手機車專用品。

儘管她覺得黃色是不是有點太搶眼了，但處在視線不良的惡劣天候時，這種顏色對於安全配備也是有必要的。不過這也是藉口，實際上她第一眼看到就想買了。

小熊把新的風雨衣放進Cub的行李箱中，動身打工去。前往甲府的路上，灰色的烏雲又再度蔓延了開來。過去她會陷入像那些雲層一樣的陰鬱心情，然而今天的小熊卻都想咧嘴笑出來了。

她馬上將車子停在路旁的超商，在屋簷下穿上風雨衣後拔腿跑出去。雨滴穿不過擁有防水透濕性的風雨衣，而且也不會悶熱。

風雨衣的高領，也能恰好擋住戴著半罩安全帽會外露的嘴巴。而它不愧是機車專用品，即使提升速度也不會妨礙到身體的動作。

會打到眼睛的雨滴，則是用上個月買的護目鏡來抵擋。因為小熊平時便頻繁地以拭鏡布擦拭鏡片，一點霧氣也沒有。

小熊抵達甲府的高中後，就在辦公室側門的屋簷下稍稍甩了甩風雨衣。水珠漂亮地滾落後，衣服就變得幾乎和乾燥時沒兩樣了。

身穿黃色風雨衣的小熊在開門進入校內前，轉身向外頭還在下個不停的雨說：

「你活該！」

自從買下新的風雨衣以來，小熊就不再討厭雨水和烏雲了。

或許是因為她知道了，騎著Cub奔馳在驟雨過後的路上，會有一股很好聞的味道。

25 休假日

在學生放長假時所舉辦的教員研習也和學期中一樣，會在週末放假。

想當然耳，小熊的工作也跟著休息。對於朝夕往返已成為生活一部分的小熊，假日會令她少拿到往返兩趟的些許酬勞，根本不值得慶幸。不過既然沒有文件要送，那麼也無可奈何。

星期天，小熊起得比平時還要晚。

由於平常要從事騎著Cub來往甲府這二十多公里的距離，意外地很耗注意力和體力的工作，因此她有意識到睡眠要充足、起床時間要固定，並且好好吃飯，將身體狀況保持在良好的狀態；但休假日這麼做也沒有意義，所以她決定睡得比平常晚，早餐也是想吃的時候再吃。

話雖如此，既已養成習慣的作息時間似乎無法改變。她只比平時鬧鐘響起的時間多睡了三十分鐘左右，便覺得已經睡得很夠了。小熊起床沖個澡，肚子就餓了。

沒烤過的吐司和即溶咖啡，以及禮子送她的那些味道很像汽水的青蘋果——小熊自認有偷工了，早餐卻依然沒什麼兩樣。吃過早飯後，她思索著該做些什麼才好。

進入暑假期間後，迎來了好幾次的星期天。上次小熊在房裡聽著收音機做著累積的功課和洗衣打掃時，不知不覺間一天就結束了。

她這次也環顧著室內，尋找有沒有什麼事情可以做。但堆積了幾天的功課負債已經在昨天和前天還清，就連今天的份都做完了。目前也並不需要打掃洗衣。

很快就沒事幹的小熊，躺在房間裡。

收音機不斷播放著ＦＭ電台的古典音樂，可是光聽這個也不能打發時間。

小熊躺著打開窗簾，看向窗外思考著：自己還在讀國小國中的時候，放假都在做些什麼呢？

她試著回想，卻不記得自己有特別做過什麼。感覺好像有和失蹤前的母親一塊兒去購物過。之所以只有依稀的印象，是因為不怎麼開心吧。

一旦無事可做，這棟公寓的一室便令人感到莫名地狹窄。窗外可見的景色是南阿爾卑斯的群山，以及公寓腹地內的兼用停車場。住戶的腳踏車和小熊的Cub停在那兒。

小熊坐起了身子。如今的她，擁有閒來無事的那陣子所沒有的東西。

她將睡衣換成T恤及休閒長褲這樣的家居服後，離開房間前往停車場。

小熊推起機車腳架，由左右被腳踏車包圍的停車場，來到一處寬廣的地方。她一度先回到房裡，拿了濕抹布和矽利康潤滑噴劑來。

無論是下雨或陽光普照的日子，每天都奔波於暑期打工的Cub變得有些骯髒。禮子告訴小熊說，兩百圓的矽利康噴劑比起任何機車用蠟或昂貴的鍍膜產品都還要優秀。小熊便將噴劑噴在Cub上，而後以抹布擦拭。雖然有心保養Cub，但她並沒有整修檢查的技術，只能把它擦乾淨。

Cub從幾乎全新的狀態下購入後，還沒有過多久。擦拭車體各部位、輪胎，甚至是一根根車輪輻條的工作，很快地就結束了。

即使看到Cub找回了買來時的光輝，依然不足以湧現過了一個充實假日的感受。小熊望向電子錶，現在是上午時分，還沒到中午。

假期還剩下很多時間。過去的自己既無興趣，也沒有一同生活的人事物。難得買了車，展開了一段和過往大相逕庭的生活，一旦不用上學或打工，就變回以前那個一無所有的女孩子了。

明明就有Cub。明明因為它，能做的事變多了。正當小熊心想「現在的自己可以拿它做什麼」的時候，她的腦中靈機一動。

Cub可以跑，能和小熊一起到她想去的地方。那麼上路便行了。

狀況極為單純。所謂假日，就是要做自己想做的事情。現今的小熊想騎車、想到某個地方去。而Cub會替她實現這個願望。

小熊將Cub推回停車場，回到房裡換下T恤及休閒褲。

她原本要拿最適合在這個季節騎車的學校運動服，但那麼一來就和打工沒兩樣了。意欲享受假日騎乘樂趣的小熊，翻找著裡頭沒什麼衣物，充當衣櫃使用的收納箱，換上她擁有的衣服中最便於活動的牛仔套裝。

這套牛仔裝還沒有穿到很舊，因此有些硬邦邦的。小熊做這身打扮站在狹小的廚房裡，拿電子鍋剩下的飯捏起飯糰來。

這和來回接近兩小時的工作不同，不曉得會騎多遠。要是肚子餓而得在外面買東西吃的話，就會是一筆多餘的開銷。

每日發薪的打工令小熊的錢包和存摺都稍微潤澤了些，然而考量到目前不穩定的生活，她並沒有錢可以胡亂花用。這是為了小熊的生活著想，也是為了Cub。

小熊做了僅有飯糰和醬菜的便當，而後把冰箱裡的麥茶裝進寶特瓶裡。她將便當、

茶飲及青蘋果放入從前當作安全帽袋使用的橄欖綠布包內，再把錢包和手機塞進腰包，拿起了帽子和鑰匙。

打算出門的小熊又折了回來，把放在房裡的攜帶式收音機放入腰包中。

接下來她要和Cub一起度過假日。和打工和上學所不同的騎乘，需要的是娛樂。

小熊認為，無論是音樂或什麼都好，應該添加點滋潤才對。

26 野餐

騎車出公寓後小熊隨即注意到一件事，那就是最好不要漫無目的地騎乘。

決定在暑期打工的休假日騎車外出的小熊，將Cub停在離家五分鐘多距離的日野春車站前。

邊騎車邊思考目的地，會在接近路口時猶豫要直走或轉彎，即使騎在直線道路上也會懷疑是否可以繼續走，導致騎得搖晃不穩。

若是徒步或腳踏車還行，但騎著和汽車行駛速度相同的Cub這麼做，會無謂地攪亂路上車流。

無論哪裡都好，騎去找個地方吃便當吧——心中如是想的小熊，為了姑且先決定目標，看向車站前的導覽板。

中央本線的日野春車站儘管就在公寓附近，至今卻因為她和出遠門無緣而鮮少利用。站前僅有幾家老舊的商店，不是小熊會去購買日常必需品的地方。

小熊瞧了瞧在為數不多的利用經驗中，都直接經過而從未瞄過的觀光地圖看板。於

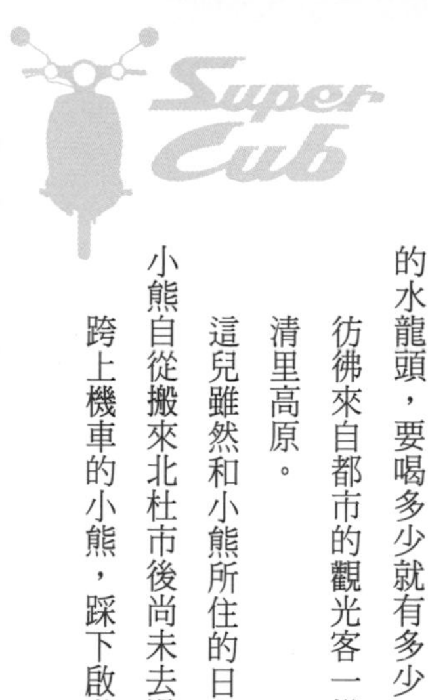

是她知道了日野春車站周遭，也有幾個稱得上是觀光景點的場所。

為神代櫻名勝的實相寺、過了車站後馬上就可以發現的大紫自然公園、平時上課的高中附近有民俗資料館，也有幾個露營地。

這些地方全都引不起小熊的興趣。它們不但在學校活動時去過，而且也沒有她特別想看的東西。

稍微走遠一點，在白州便有座飲料工廠。它可以免費參觀和試喝，班上大家都知道是個能不花錢玩耍的地方。可是，難得的假日去聽好似學校課程的延長一般的講解，還有試喝工廠所生產的天然水，這些小熊都不覺得有魅力。

對於住在南阿爾卑斯的人來說，天然水這種東西，只要扭開遍布街上那些利用井水的水龍頭，要喝多少就有多少。

彷彿來自都市的觀光客一樣在站前看著地圖的小熊，瞧見了某個地名。

清里高原。

這兒雖然和小熊所住的日野春車站一帶同樣位於北杜市，卻是個有名的觀光勝地。小熊自從搬來北杜市後尚未去過清里，就地圖看來並不會太遠。

跨上機車的小熊，踩下啟動桿發動了Cub的引擎。她決定目的地了，就去清里。

那裡或許可以看到不同於甲府或韮崎的街道，這些平常工作已逐漸習慣的地方。

小熊花了四十分鐘左右，抵達初次前往的清里車站附近。

由日野春車站沿著鐵路前進，來到縣道六一一號線後騎一陣子，再由和縣道交錯的國道一四一號拐向北邊直直騎，路線就是如此單純。距離大概快二十公里。

比平時往返的甲府稍微近了一些的清里，街道樣貌是小熊未曾見過的。

歐風建築物以白色鋼筋水泥車站為中心排列著，顏色則有白色、馬可龍色和仿木紋。小熊所抱持的第一印象是，這兒真是個格格不入的城市。

咖啡廳、法式餐酒館、西式民宿、教堂、禮品店——都市人想像中的南阿爾卑斯度假勝地該有的東西，這裡一應俱全。

身上穿著遠遠望去像是工作服的牛仔套裝，騎在Cub上的小熊，開始覺得自己是不是跑錯地方了。

暑假期間的星期日有頗多人潮，攜家帶眷的旅客和情侶走在裝飾得漂漂亮亮的車站前。

發現了一個感覺能暫且停一下車的地方，小熊便坐在座墊上，吃起後箱所拿出來的飯糰。

經過小熊眼前的人看都不看她一眼。這只是一輛後方裝了黑色鐵箱的平凡Cub，和一個一身牛仔裝的樸素少女。

這身打扮與其說是來觀光景點遊山玩水，比較像是某家公司的外務員在工作的時候偷懶。或許她從橄欖綠布袋拿出飯糰享用的模樣，看起來像是東南亞的游擊隊。

小熊並不覺得空氣特別清新，也不對街道或往來的人們深感興趣。她吃了飯糰和青蘋果，又喝了寶特瓶裡的茶後，發動Cub的引擎。

有座商店街看似並非為了當地人，而是外地人所打造的。騎著Cub在這兒稍微跑了一陣的小熊，對自己被街道給震懾住感到莫名不甘心，於是半路停車買了一份霜淇淋。

小熊坐在店前的長椅上，回想起還沒有聽特地帶來的收音機。她連接起收音機和耳機，和待在家裡時一樣聽著ＦＭ電台，同時吃著霜淇淋。

這支名產勝沼葡萄口味的霜淇淋，價格大概買得起小熊平時吃的調理包兩份。她並不清楚這東西是否有這樣的價值，但至少深信自己體驗著這座城市、享受著假日，也不會覺得吃虧。

吃完霜淇淋的小熊騎上車，並未到其他地方看看，而是踏上了歸途。

回到自家公寓的小熊望向里程表。這次往返一趟將近五十公里，以Cub的油錢計算大概是一百圓左右。另外還有一支霜淇淋的開銷。

這次假日出門好像很充實，又似乎沒有。儘管如此，小熊依然在回程不斷思索著，下次放假要上哪兒去好。

據說當機車快遞騎士、賽車手或車廠試車員，這些職業是整天騎車的人被問到休假都在做什麼的時候，回答「可能大多都在騎車吧？」的人意外地多。

小熊不曉得自己和他們是不是屬於同一種人，她只是心想：下個假日要選擇跟Cub一塊兒度過，而今後也會這麼做吧。

27 更換機油

小熊的暑假也過了快一半。

致力於打工的結果，就是Cub的里程攀升。上次在買下這輛車的中古車行換過機油後，大概兩個星期就跑一千公里了。

Cub更換機油的理想週期是一千公里一次。於是小熊決定利用沒事做的白天時段，自己動手換機油。

必需品都已經買齊了。小熊在昨天打工結束後，便到學校圖書室借用電腦，上網看過幾個網站，預習過更換步驟了。

Cub所累積下來的整備知識似乎遠遠超乎其他汽機車，小熊以「Cub更換機油」這個關鍵字搜尋後，便顯示出令人目不暇給的網站。

小熊在其中找到了一個感覺初學者也很容易理解的網站，並挑出必要的部分列印了出來。隔天中午，她將挑戰有生以來第一次為Cub更換機油。

身穿學校運動服代替工作服的小熊，在停車場發動了機車引擎，再將車子推到公寓腹地中一處寬廣的地方。而後，她將房裡的瓦楞紙箱鋪在地上，再把Cub停在上頭。

確認工具、機油和其他必需品都備齊後，小熊照著網路上的機油交換心得所寫的，讓引擎轉動一陣子替機油加熱，然後才趴在Cub旁邊。

引擎底下有一顆排出機油用的洩油螺絲。一旁則是不小心拆錯就會很棘手的凸輪鍊條張力器螺絲。

小熊慎重過頭地比較著列印出來的照片和實物，確認是洩油螺絲後，她便把引擎關掉，並從工具組中拿出梅花扳手。

中途手碰到熱騰騰的排氣管而直發疼的同時，小熊將幾支扳手套在螺絲上。找出尺寸相符的扳手後，她就扣住螺絲用手推去。

即使用力推，螺絲也紋風不動。小熊臂力只有女高中生的平均水準也是理由之一，不過在引擎底下實在很難動工。

不把頭低到幾乎臉頰蹭地的高度就看不見螺絲，而引擎本身和排氣管仍然熱得一碰就會燙傷。

更重要的是，小熊本人為初次著手進行的保養感到緊張。這項工程和平日有在做的洗車或檢查不同，弄錯方法有可能會把Cub搞壞，或是在操作的時候碰上意外。

用手去推動扳手，也完全無法放鬆螺絲。事前進行了充分準備的機油更換工作，就因為鬆不開一顆螺絲而擱淺了。

小熊半躺在車子旁邊，尋思著該找誰商量好。同樣是機車通學夥伴的禮子，有給她聯絡方式。還是說乾脆放棄自己換機油，再花五百圓請車行換呢？

小熊感覺到懦弱的情感湧上心頭。自己這副德性有辦法一直騎Cub下去嗎？能夠靠著不穩定又不踏實的學貸繼續生活嗎？可以在這個世界上求生存嗎？

她瞪著負面思考的來源——那根螺絲。只要想辦法處理掉它的話……

憑自己的手拆不掉螺絲，既然如此——

小熊維持著躺在機車旁的模樣，再次讓扳手確實地扣住螺絲，而後用腳踩在方才拿的扳手上。

她踹下腳底的扳手，一陣滑溜的感覺傳到小熊腳上。小熊每天都得努力求生存。那個觸感，就像是威脅著她這份生活的敵人已經宣告屈服了。

扳手飛了出去，發出清脆的聲音。起身撿拾扳手的小熊再一次動手轉螺絲，它便輕易地鬆開了。

將螺絲放緩到某種程度的小熊，把機油處理箱放在下面，並打開引擎旁的機油注入口蓋子，之後才用手指轉動螺絲抽掉它。

小熊緊緊捏住了因滾燙的機油碰到手而險些弄掉的螺絲，再將它放在抹布上，避免搞丟。

由於小熊邊看著機油更換網站的列印稿邊做，之後的程序毫無問題地進行著。她原本想將這次遇到的困難——也就是螺絲鎖鬆一點，讓今後換機油時能夠輕鬆拆卸；不過轉念一想下次也只要踹鬆就好，於是稍微用力地鎖緊了。

洩油螺絲這種東西，比起鎖太鬆而漏油，鎖得過緊而弄壞機油孔，導致發生必須換掉引擎的重大故障這種狀況還比較多——由於網站上這麼寫，小熊有意識到要施加騎乘時也不會鬆脫的力道。

平安無事換完機油，小熊把車子推回停車場並收拾工具，再抹肥皂清洗被機油弄得黑黑髒髒的手。

明明已仔細地洗過，指甲一旁還是殘留著機油的汙漬。儘管那是不靠近盯著瞧就不會發現的髒汙，但一個女孩子家的手這樣實在不太像樣。

這也像是自己動手保養Cub的勳章——心中如是想的小熊，忽然記起自己要到附近的超市購物，於是拿起打工或上學以外的時候騎車用的牛仔套裝。

Cub換好了新的機油。檢查機油量的程序，不光是要在停車場讓引擎轉動後再看，實際騎乘後再度檢查會比較理想的樣子。

萬一在打工騎車的半路上檢查出什麼異狀將會影響到工作，所以需要試騎一下吧。

此外還有另一個理由。

那就是小熊等不了那麼久。

28 打工結束

暑假剩下一個星期左右的時候，小熊的打工宣告結束。

由於小熊就讀的北杜市高中和甲府姊妹校之間的教員共同研習告一段落，她也必然地沒有工作了。

包含考後休假在內，過了大約四十天的日子。中間隔著週休一日，每天騎著Cub往返兩趟從北杜到甲府這段約二十公里的路。小熊不清楚這樣的生活是否有助於提升自己的操駕技術，不過覺得至少知道該怎麼騎在路上了。

多虧她會在打工回家時繞路，或假日外出時積極地騎車前往未曾去過的地方，這個夏天她將自己的地盤拓展到隔壁的韮崎市，還有再過去的甲府了。

儘管天地遼闊，道路卻是緊緊相繫著。小熊內心湧現出「只要騎在這條路上，便能到天涯海角」的實際感受，盼望到更遠的地方去。

小熊在從事這件夏日打工的期間，一直在思考一件事。

那就是該如何利用工作獲得的薪水，以及打工結束後的暑假時光。
她幾乎將每天的收入都存了下來，因此小熊的戶頭餘額稍微累積了一筆錢。
因為生活所需最低限度的開銷會以學貸支付，當前她沒有非得動用這筆錢的狀況。
小熊所騎的Cub，現在也沒有需要花大錢的部分。
小熊有件事想利用這些錢和時間來做。
那並非特別困難，只是買下去恐怕會花光小熊這個夏天不斷打工存下的所有酬勞，而且也不曉得只剩下一個多星期的暑假時光夠不夠用。
小熊想找個人討論，可是目前能聽她說這種事情的人不在這兒。
她並沒有一個方便的朋友，會出言支持她這個已經決定答案的諮詢。
小熊將最後一份薪水存進學校附近的信用金庫後，帶著「今天就買稍微好一點的晚餐，獨自慶祝打工順利落幕」的念頭，跨上了Cub。
放在斜揹的腰包裡頭的手機響了起來。小熊把腰包轉到面前，同時慌慌張張地脫下安全帽，也不看來電畫面就接起了電話。
「我剛回到這裡，妳等下要不要來我家？」
暑假期間一直沒有聯絡和見面的同學禮子仍然是老樣子，劈頭就說出了她的來意。

人在信金前面一隻手拿著手機的小熊思考了一瞬間。她們倆之所以在這個夏天沒見面，是因為她們的關係僅此而已。小熊並沒有那種會到彼此家裡玩耍的朋友。習慣這種狀況的小熊，原以為自己和孤獨感這種閒人的煩惱無緣。

拜Cub所賜，小熊身處在心滿意足的一人世界裡。今天她原本預計要稍微硬著頭皮在超市買個外帶壽司，在獨自一人的公寓裡慶祝打工結束和假日開始。

禮子毫不客氣地闖進了小熊的世界。先前說夏天要去騎車兜風的她，久違地回到當地來了——理由是這麼地單方面。

禮子在第一學期時也是這種調調。她會強硬地邀約小熊吃午餐，但小熊在她早上讀書時攀談，她卻愛理不理的。

多虧這段一塊兒吃便當同時聊著Cub的時光，面對和自己同樣在班上受到孤立的禮子，小熊有辦法比起其他同學更輕鬆地開口搭話，但外人終究是外人。倘若接受禮子的邀約，自己將會度過一段比在公寓享受單人晚餐還勞心傷神的時間。

經過一陣極為短暫的思索後，小熊對著手機說：

「我要去，告訴我地方在哪裡。」

她已經決定今晚要過得奢華一點了。接下來要繞去超市買晚餐，再幫Cub加油，之

後回到日野春車站附近的公寓。只不過是在其中多了「禮子家」這個去處罷了。

小熊聽禮子告知詳細地點後，便重新戴起安全帽騎上Cub。她發動引擎，前往自家的反方向。

至今自己都是獨自活著，這點往後也不會改變。可是，即使如此也無須吝於稍稍繞點路。了不起就是多花點油錢而已。

如果是Cub，那也不會成為多大的負擔。

29 小木屋

小熊的機車開始騎在學校前的縣道上，往南阿爾卑斯山的方位而去。那裡和自家還有日野春車站位於反方向。

禮子所告訴她的路線相當簡單明瞭。先是騎到縣道盡頭後左轉，再騎一陣子就會看到某家企業的保養廠，以那個招牌為標記轉彎後，第三間房子就是了。

那裡是北杜的別墅區。開始會騎車在自家附近漫無目的亂繞的小熊，至今曾去兜風過幾次。

她在並未迷路的狀況下，抵達禮子所說的房子。這裡跟學校的距離，和小熊的公寓沒什麼太大的差別。

這座別墅區鋪設著簡易的水泥山路，還有小木屋和採用框組壁式木構造的自建屋井然有序地排列著。由於是遊山玩水的季節，有許多房子都亮著燈。

其中位置最接近深處，色調比其他木屋要來得深的圓木小屋就是禮子家。小熊無須尋找門牌，因為禮子就在門口清洗郵政Cub。

小熊騎車靠近後，穿著連身工作服的禮子便揮了揮手。

「妳的Cub停那兒。」

小熊有些猶豫。禮子所指的地方是小木屋的正面。儘管鋪了一輛車寬的水泥，卻是大街上看得見的位置。考量到遭竊的可能性，可以的話小熊想停在街上看不見之處。

她暫且照著禮子所言將車子停放在小木屋前，結束洗車工程的禮子便打開了小木屋的大窗戶。

之後她在落地窗和木屋正面腹地之間，斜放著一塊厚實的木板。

原來如此，受邀的並非只有我嗎——小熊如此了然於心。

小熊依照禮子的誘導，將Cub牽進木屋內。

禮子的小木屋給人凌亂的印象。

其構造為約六坪大的起居室裡，附有以梯子攀爬的夾層。室內四分之一左右鋪著磚塊，能夠放置機車。

剩下的木質地板部分，則有著廚房和衛浴設備。由後方將郵政Cub牽進來的禮子，讓它在鋪著磚瓦的空間和小熊的車子並排著。

「妳隨便坐，我現在去泡茶。」

話是這麼說，不過能坐的地方頂多只有鋪在房子中心的偌大羊毛地毯。上頭放了幾個抱枕。

縮起身子坐在地毯邊緣的小熊說：

「比起茶，我比較想喝水。」

禮子嘻嘻一笑，拿出兩個大玻璃杯，裝了自來水。

愛媛縣有著會跑出POM果汁的橘色水龍頭——這雖是網路笑話，不過山梨、長野的山區當真會從水龍頭流出南阿爾卑斯的天然水。

禮子將靠在室內一角的矮腳圓桌放在地毯中央，放下兩個杯子後便重重地坐下，大口喝著杯中的水。

小熊也開始喝起來。味道真好。夏天飲用這看似地下水的水便會透心涼，感覺有一陣風吹過身體一樣。

喝過水的禮子從地毯上站起來，瞧向廚房冰箱的同時說：

「妳晚飯想吃什麼？不曉得有什麼東西呢？我今天才剛回到這兒來，所以沒什麼像樣的材料呢。」

小熊也放下玻璃杯站起身來，而後打開停在室內的機車行李箱說：

「我有買來。我現在來做，廚房借我用一下。」

禮子露出了驚訝的表情，小熊也沒料到自己會這麼做。她從行李箱當中取出超市的袋子。裡頭放著原本預計回自己公寓烹調的材料。

「妳要做什麼呢？」

小熊把袋子裡的東西擺到廚房流理檯一旁，同時回答雙眼熠熠生輝地詢問的禮子。

「什錦燒。如果妳不討厭的話。」

「我很喜歡什錦燒喔～」

背對著扭動身軀表達喜悅的禮子，小熊在看似不太常拿來開伙的廚房找到了菜刀和砧板，而後開始把高麗菜切成絲。

小熊擺出前來這兒的路上所買的材料，將高麗菜絲、紅薑絲、雞蛋、麵粉及水放在盆子裡混合拌勻。

這是小熊在自家公寓不時會做來吃的質樸什錦燒，它比較接近關東地區的文字燒。她也只有買這些材料過來。

偶爾也想吃點不一樣的口味耶——小熊帶著這樣的想法，打開冰箱要拿飲料時，發現幾乎沒有任何食材的冰箱裡，不知為何有一份放在保麗龍托盤裡的豬五花肉。

這正好能做豬肉口味，但可以擅自拿來用嗎——小熊關起冰箱略作思索，於是禮子便躺在起居室中央的羊毛毯上說：

「什錦燒還沒好嗎～？我餓到都想喝汽油了～」

小熊打開冰箱取出豬五花肉，將它統統倒進裝有什錦燒材料的盆子裡。

「馬上就好了。」

小熊拿平底鍋煎著什錦燒的料。比起外觀，她選擇了以時間為優先，像是半煎半炸的感覺用偏多的油大火烹調，結果表面出乎意料地煎得恰到好處，看起來十分可口。

她像是平時在家所做的那樣，一口氣用平底鍋煎了好幾塊。一方面是她有點怕燙，不喜歡用電烤盤之類的東西邊烤邊吃，而且她和禮子的交情也沒有好到會一塊兒煎什錦燒吃。

煎好了幾塊什錦燒，小熊把它端到放置在起居室中間那張地毯的圓桌上。禮子就在那兒等著。

禮子蹲坐在地毯邊緣，眺望著並排在紅磚地上的兩輛車——自己的郵政Cub，還有小熊的Super Cub。

與其說是對這兩輛看似搭調又好像沒有的組合抱持興趣，感覺像是在比較它們而露

出苦笑的樣子。雖說過了一個夏天，但小熊買來不到兩個月的車還很新，而自己的郵政Cub卻是傷痕累累。

就連對機車不甚了解的小熊，也覺得一陣子不見，禮子的車陳舊了不少。不但前擋泥板裂開、側蓋消失無蹤、座墊破損，方向燈還從根部折斷了。

禮子碰觸著自己那輛只有引擎極新的郵政Cub說：

「這下子可能差不多得來大整理了吧？」

鋪著磚瓦的區域除了工具外，還堆積著感覺能再組個一至兩輛Cub的零件。

小熊開口向背對自己，望著郵政Cub的禮子說：

「什錦燒做好了，來吃吧。」

聽聞這句話便回過頭的禮子，見到既已淋好醬汁並切成八等分的什錦燒，雙眼閃閃發光。

禮子站起身，拿出兩瓶常常在學校午休時飲用的無糖氣泡水。她以廚房的開瓶器拔掉瓶蓋後，把玻璃瓶放在圓桌上。

小熊和禮子圍著圓桌而坐，享用這頓有什錦燒和氣泡水的晚餐。

禮子什麼也沒問小熊便逕自淋上美乃滋，隨著一句「我要開動了」，開始吃起什錦燒來。這個溫度對怕燙的小熊來說還有點燙。小熊喝著擺在自己面前的冰涼氣泡水，同時問禮子說：

「妳暑假到哪兒去了？」

嘴裡塞滿什錦燒的禮子，看向小熊和擺在室內一角的紅色Cub後，臉上浮現笑容，開始述說起自己這個去了「既近又遠之處」的夏天。

30 禮子的夏天

富士山須走五合目（註：富士山分成十個區間，一合目是山腳、十合目為山頂，五合目在山腰處）。

從靜岡縣御殿場市一帶經過自衛隊富士學校前那段羊腸小徑的終點。

禮子人在位於須走登山道中點的停車場裡。

她身穿工作褲和T恤，脖子掛著毛巾，一頭長長的黑髮紮在後腦杓。

儘管是盛夏時分，清晨的五合目依然比街上涼爽許多。她在這裡揮汗搬運著沉重的瓦楞紙箱。

有一輛像是戰車般裝著履帶的車，由登山口小賣店旁的車庫開了出來。這名年長男子身穿和禮子相同的工作褲。他操縱著車輛，倒車至禮子面前。

這輛履帶車有著如同小貨卡的駕駛座和貨斗。禮子開始將貨物堆在車上。

紙箱裡裝著實際上比外觀還重的飲料和糧食。禮子堆完以這些東西為中心的貨物之後，望著登山口的方向。
儘管她在做著對女高中生來說有些嚴苛的體力活，卻一副心不在焉的樣子。
禮子單手拿著貨單再次清點貨物後，對坐在駕駛座上的男子說：
「和既定數量相符。那麼，我去確認路線了。」
「時間還夠，妳騎慢一點吧。」
禮子點點頭回到小賣店，推來一輛停放在店家旁邊的輕型機車，並踩發引擎。
儘管是輕機，它卻發出大型重機般的低沉渾厚聲響。禮子催著油門，謹慎地確認著排氣的聲音、顏色及味道。
禮子在T恤上頭穿著一件和藍灰色工作褲成對的夾克。她戴起安全帽及手套，跨上自己的紅色機車。
她以兼具工作及騎車用的黑色皮革安全鞋踩下變速踏板。打進低速檔的禮子，仰望籠罩著一層薄霧的山頂後騎了出去。
大清早還沒有登山客出現的登山步道，在其一旁的路線，禮子正以自己的機車騎過一遍來確認狀態。
這是富士山推土機登山道。
這條路線俗稱推土道，是座和步行登山道平行打造而成的蜿蜒山路。

如同它的名字所示，這條路是為了將物資運往富士山頂而開的路，只有推土機之類的履帶車可以通行。

禮子騎著輕機行駛在布滿粗砂碎石的路面上。想當然耳，坡度很陡。

推土機登山道會反覆好幾次直走和接近一百八十度的迴轉。禮子的輕型機車——本田Super Cub郵務規格車，在起點五合目到六合目之間騎得很順暢。

禮子暑假期間在這兒開始的打工，內容是要替行經推土道運送物資的履帶車確認貨物和路線。

雖然說是要確認僅有履帶車可以走的路線，卻也只是觀察到六合目為止的路況和天候這種形式上的東西。禮子的工作，一旦抵達最初的路標就結束了。

禮子通過六合目之後，仍然繼續騎著郵政Cub攀爬而上。

推土機登山道的坡度愈來愈陡。這裡的砂石粗糙銳利，簡直無法和南阿爾卑斯及丹澤的林間道路比擬。它們緊緊攀附在輪胎上。

來到七合目的禮子單腳著地，做出不曉得是第幾次的迴轉。她隨即提升引擎轉速，試圖維持著高轉速，強行通過寸步難行的登山道。

當後照鏡之中已經看不見七合目的時候，這場攀登騎乘忽然出了紕漏。

車子的前輪，換了比郵政Cub的輪徑更大的越野車胎。禮子才想說它浮了起來，車體頓時就這麼失衡了。儘管想移動重心來應對，可是在平地上學到的技巧完全派不上用場，禮子的郵政Cub便摔倒了。

在陡峭砂石路上滾了好幾圈的禮子，在確認車子平安無事和自己僅受到輕傷之前，先搥打了地面。

「混蛋！」

禮子維持著跌坐在地的模樣，全身發疼站不起來。這樣的她，昂首望向霧氣愈來愈濃而看不見的山頂。

高中二年級的夏天。

禮子在騎Super Cub攀爬富士山。

31 富士山

禮子騎著傷痕累累的郵政Cub，回到五合目的山中小屋去了。

Cub似乎並沒有傷得像禮子本人那麼重，頂多只有在這裡派不上用場的後照鏡損壞，還有拉桿之類的東西稍微凹折到而已。

一回到這裡，禮子就立刻重新開工，把貨物裝載到要將資源運到山頂的履帶車上。老闆見狀，便碰觸著遍體鱗傷的郵政Cub，問道：

「妳為什麼要這麼做？」

禮子之所以會試圖騎自己的車攀爬富士山，契機來自於某個二輪冒險家的著作。

根據那本書所述，那個環保規範和登山禮儀皆比現在還鬆散的時代，相當盛行騎機車攻頂富士山。而目前大名鼎鼎的越野車手或車評當中，則有好幾個人曾在週末騎車爬過富士山推土機登山道。

從五合目步行登頂需要花數個小時的路程，騎車上去只要二十分鐘左右，下來則花不到五分鐘。

只有部分高性能越野車，能夠爬上這段滿是砂礫的險峻斜坡。障礙賽或花式技巧用的輕量型越野車，馬力是絕對性地不足，輪胎會卡在小石頭裡動彈不得或摔倒。

這些體驗紀實讓禮子開始收集起網路資訊、過去的越野車雜誌，還有記載著機車情報的登山雜誌。據說有頗多老練的越野車手實際攀爬過。她也有在光顧的店家中，聽這樣的體驗者聊過。

收集這些資訊後，禮子開始覺得，說不定自己的Cub也辦得到了。

這份念頭轉變為堅信，是在禮子遇見能夠大幅強化郵政Cub越野性能的零件之時。

並非各家車廠所推出的Super Cub用改裝零件，而是外銷用越野車——CT一一〇Hunter Cub的零件。

輪徑大過郵政Cub的險路用輪胎、前車主施加了許多調整的一一〇cc引擎，以及懸吊和驅動零件。

更換零件說來容易，不過工程其實很費力。儘管同樣是Cub，這個車種的零件細部規格卻相異。禮子試著加工或是自行打造安裝零件，好不容易才裝了上去。

當這輛有如郵政Cub和Hunter Cub的拼裝車完成的時候，禮子便堅信自己能夠騎著它爬上富士山了。

就在特製Cub完工之際，另一個問題——亦即登山許可相關事務也出現了轉機。

那就是在富士山須走五合目的山中小屋進行堆貨打工。幾乎沒有登山經驗的禮子，在多數應徵者都是大學登山社成員的錄用面試中，對曾是登山家的老闆坦率地表示，自己想騎機車爬富士山。

由於凍傷導致失去所有腳趾而從登山界退下的年邁老闆，從為數眾多的應徵者之中錄取了禮子，還捏造一個確認路線的工作給她。

這份工作的內容是，於清晨尚無登山客出沒的時間，在運送貨物或急診病患的履帶車上路前，先騎著機車觀察推土機登山道的路況和天候。只要騎到六合目工作就算結束了，但倘若是不妨礙送貨的範疇，多少進行一些變更也無妨。比方說，基於現場判斷擴大確認範圍之類的。

被錄取的禮子組裝起Cub，開始在以靜岡縣內富士淺間神社為起點的須走登山道工作。她住進山麓的公寓宿舍，從事和女生不相襯的堆貨工作。而後，她每天早上都騎著機車攀爬富士山。

面對問禮子為什麼要這麼做的老闆，她答道：

「我只是想知道，自己是不是可以跨越它的人。」

禮子指著在北杜的高中念書時，也會映入眼簾的日本最高峰。

32 頂點

在須走五合目的小賣店工作數天後，禮子的挑戰仍持續著。

她騎著自己的郵政Cub，爬上過去有許多知名越野車手登頂過的推土機登山道。

第一天在通過七合目那一帶時便悽慘地摔倒了。第二天的時候，輪胎同樣在七合目附近被銳利的石頭卡住，導致無法繼續前進。

第三天則是禮子本人在看得見八合目的地方出了問題。急驟爬山引起的高山症，使得她遭受劇烈頭暈襲擊。

禮子和郵政Cub的傷痕日復一日地增加，然而登頂行動卻淨是在差不多的地方原地踏步著。這便是極限嗎？我跨不過那堵包圍著自己，限制自己行動的高牆。我是個只能活在柵欄裡的人嗎？我不想承認這種事。

一早，一如往常完成堆貨工作的禮子，推出郵政Cub並發動了引擎。

自從來到這兒後，她的服裝一直是相同的成套藍灰色工作服，還有安全鞋這種不起眼的打扮。

禮子的行動，違反了近年富士山所宣揚的保護大自然精神。老闆不但默許她，甚至還為了讓她騎車上去，特地捏造了一個確認天氣和路況的工作。這樣的老闆來到了禮子面前。

「妳不能直挺挺地站在山上，要讓身子貼著它。」

他說完這句話，便回到自己的工作崗位去了。據說這名年邁老闆一直到因凍傷而失去腳趾為止，都以登山家的身分稱霸世界各地山脈。聽聞這番話，禮子覺得內心大受震撼。

或許我繃得太緊了。為了跨越阻礙自己的行動與自由之物，才會想說總之先爬爬看富士山，這個提到高處會第一個想到的地方。

結果，自己踐踏著富士山試圖制伏它，卻連攀在它腳邊都做不到就投降了。這幾天連續吃敗仗，讓禮子連笑容都忘了。騎乘Cub攀爬富士山——明明是在做這麼開心的事，為何自己的心情像是被可恨的敵人折磨一樣呢？

禮子再次抬頭仰望方才不經意看見的富士山。今天的空氣相當清新，可以清楚看到山巔。夏天的富士山，在山頂上微微殘留著雪景。她心想：這座山真美。再靠近一點看看吧。從更高的地方俯視而下，鐵定會更漂亮才是。

禮子將郵政Cub的檔位降到一檔，催動引擎騎向登山道。

今天推土機登山道的路也是舉步維艱。

這條砂石路是以銳利的大石頭所構成，適合輸送物資及救護傷病患的登山專用車行駛。騎機車的話，必須隨時維持扭力硬上，否則騎不過去。

倘若以惰性騎乘或是降低了轉速，偌大的石子便會立刻卡住輪胎，阻礙行進。

禮子為了這個挑戰而特製的Cub，在輕盈車身的影響之下，於平地能夠發揮出充分的馬力；但是在坡度陡峭，強大的路面阻力不斷帶給車輪負擔的推土機登山道，如果不時時刻刻維持高轉速，就連前進都沒機會。

就在禮子反覆挑戰後，她已經能若無其事地通過五合目到六合目之間的路了。過了本六合目，通往七合目的路坡度會變得更傾斜，她也漸漸明白該怎麼騎了。就在她重複著直行和接近一百八十度的迴轉時，抵達了七合目。

山上的氣溫和氣壓有條界線，騎過本七合目後，禮子驟然頭暈了起來。她咬下臉頰內側的肉，促使意識保持清醒。雖然她馬上放鬆了牙齒，避免震動之下把肉咬掉，但似乎是咬太用力了，嘴裡有血腥味。

禮子呸的一聲吐出流竄在自己體內的生命之味，目光則是望向目前還看不見的八合目方位。

頭暈已經不再令她介意了。一定是因為這些日子的挑戰，讓她慢慢習慣高處了吧。

機車朝著她視線的方向移動。她盯著上頭，並未往下看。然而，登山道有著大大小小的石頭散落一地。假如不時時注意路面，便無法選擇能夠騎乘的路線。

禮子利用零點幾秒看向地面，同時望向上方。她反覆進行這樣的行為並騎車攀爬著。

行進方向和路面的資訊一起傳進腦中。原來人類有辦法學會這麼做嗎？禮子覺得，至今未曾注意的周遭景色似乎也看得見了。眼下拓展的那片土地，便是自己所生活的世界。由這兒看來是那麼渺小。

遙遠的八合目映入眼簾了。從這裡攻頂不曉得要騎多久呢？

33 口渴

禮子讓Cub衝進了八合目。

儘管騎著車，但坦白說自己也沒料到能夠來到這裡。

她輕易地通過了昨天和前天都沒能抵達的八合目，橫越步行登山道後，朝更高的地方邁進。

如同其名所示，這裡是登山路線整體距離的百分之八十。然而從禮子做的事前調查及過去徒步攀登的經驗來看，車體和本人的負擔百分比才一半左右。

不，接下來的本八合目、八合五勺、九合目，以及通往山頂火山口的路才是爬富士山的重頭戲，先前的路或許不過是熱身運動罷了。

八合目看得見上頭的推土機登山道。倘若遠遠望去將它納入遼闊的視野中，便會覺得它是一片平凡無奇的平整山路。可是實際騎機車上路，就是接連不斷的折磨。

禮子心想：達卡拉力賽最困難的路線，大概就是這種感覺吧。那條路有許多二輪參加者都會放棄騎車用推的。老實說來到這裡之前，禮子也有好幾次想棄車走上去。

禮子催動Cub的引擎。高度使得氧氣濃度降低，以及因此造成的引擎馬力低落正如她所料，也在預料範圍內。

前後懸吊都正常運作。改裝前徹底檢查的車架，雖然因為引擎馬力和路面負荷而扭曲，但這點程度不成問題。電系和燃料也不要緊。剩下的只有搭載在車身上的軟體——換言之就是自己。高山上低氧的狀況，讓她的注意力逐漸不集中了。

過了八合目的推土機登山道路況和先前相同，不過變得陡峭。與其說是衝上去，不如說只能利用引擎馬力，將受困於小石頭的輪胎給拉扯出來。

禮子移動重心時出現失誤，於是前輪浮了起來。不行，要摔倒了——內心如是想的禮子，高喊著自己也聽不懂的叫聲趴伏在轉向把手上，硬是憑蠻力壓制住躁動的前輪。

經營五合目的小賣店，每天開著履帶車爬上富士山的老闆，給了她一句忠告——妳不能直挺挺地站在山上，要讓身子貼著它。禮子如今明白話中之意了。那並不是指「放鬆力氣，將自己交給山」，而是為避免從山上掉下去，只能盡全力壓低身子撐過去。

爬到八合目後，原本感覺馬上就要到的本八合目久久不見蹤影。無論是肌肉、腦袋或車子都在缺氧。低氣壓的乾燥空氣，從她的身體奪去水分。

這個坡道儘管險峻，徒步卻也不會爬不上去。但騎車一跑，便會覺得角度要比實際還來得傾斜。

禮子心想：這鐵定是因為自己的腦袋和知覺缺氧了吧。

每當高度增加，Cub的扭力便會衰減，禮子本人的注意力和肌肉動作也遲頓下來。

她回憶起自己在夢裡騎車的事。那時的機車不管怎麼轉動節流閥把手，總像是被一堵以捕鳥網或黏土製成的牆壁阻擋住一樣，拒絕前進。

禮子咬緊牙關，望向無止盡的陡坡。這是牆壁。圍繞著我的高牆。朝牆壁騎車這種行為，真是豈有此理、白費工夫又冒失莽撞。

好想喝水。真想喝只要待在我位於北杜的家，就會從水龍頭流出的南阿爾卑斯水。

意識不清的禮子，開始思考自己為何會想要踏上這條路。

34 高牆

禮子的父親在東京當市議員，母親則是經營外送便當店。

就如同自己將生涯耗費在故鄉的市政上，父親期盼禮子找出足以賭上人生的重要事物。他總是吩咐禮子，要意識到自己的走向。

據他所言，無論要做什麼，只要思考自己想成為怎樣的人、想朝哪個方向前進，該做的事情便會自然而然地確定下來。

如今依然身兼便當店經營者和店長，從製作便當到配送都一手包辦的母親，她則是正好相反，認為人生凡事塞翁失馬焉知非福。她說，只要去做那時想做的事情就好。

禮子遵照吩咐，直到最近才終於找到了看似答案的事物。她想跨越阻礙自己的牆。

因此禮子讀高中之後，就不住父母所在的那個東京的家，而是選擇了可以遠望富士山的山梨別墅。她是在這裡度過孩提時代，初次意識到包圍自己的高牆。

後來禮子打工考取機車駕照，並幸運地獲得了一輛狀況良好的郵政Cub。她開始騎著這輛車，跑到幼時高不可攀的南阿爾卑斯、秩父及丹澤群山上。

騎著Cub跑完車輛或登山客無法進入的山中防火林道，禮子覺得群山並不像從街上看來那樣只是一塊翠綠的東西，自己看見了它的真正樣貌。但馳騁在山路時，日本最高峰總是會映入眼簾中。

禮子心想，假如能騎車攀爬那座山，就可以跨越奪去她自由的那堵高牆了。如果有那個意思，四周的高牆隨時都能跨過去——只要知道這件事，十來歲的高中生這個不自由的身分，也不會令人痛苦了。

來付諸實行腦中茫茫然構思的富士登山計畫吧——讓禮子如此下定決心的，是在學校遇見的同學——小熊。

她總是筆直凝視著自己所需之物，還有自己該怎麼做，因此才會選擇Super Cub當作生活用具及滋潤。她這個女孩子不會被成見或精神壓力所惑，能夠毫不猶豫地邁向最適合的解答。

好想騎機車爬富士山，可是又不曉得該怎麼做才好——心中如是想的禮子，思考著「如果是小熊會怎麼做」而展開行動。

她明確意識到基於何種目的要採取何種行動，於是打造了一輛能以自己的雙腿——Super Cub攀爬富士山的機車，而非選擇適合爬富士山的大排氣量越野車。

即使如此，她的預估似乎也有些太樂觀了。以一一〇cc引擎為基礎調校過的特製Cub，為八合目過後的低氧陡坡發出了噪音。

禮子安撫著Cub都快降低轉速的引擎，而後專心注意著前方道路騎乘著。氧氣、燃料、馬力都不夠。

禮子尋思「再多跟小熊聊一下是不是會比較好呢」。如此一來，現在的自己需要些什麼，便能看得更清楚了吧。

還是說，再多調校幾次引擎會比較好？不然就是該把前後胎換成更寬的規格？

禮子慢慢理解到，其實非得變強的人是她自己。通過五合目後，禮子的屁股幾乎都沒有坐在椅墊上。一路站著騎的身子四處發疼。她的手臂、雙腿還有身體都很纖細。

就連富士山這個不過是坡道多了點的觀光勝地都爬不上去，便是自己現在的實力。自己毫無虛假的樣貌。

禮子再次繃緊因疲勞而差點摔下車的身子，緊緊握住劇烈搖晃，試圖甩開她手的轉向把手。

既然看得見現今的自己欠缺何物，就來確認看看渺小孱弱的自己有多少斤兩吧。

垂直律動的車身仰了起來，要把禮子從車上拉下去。直挺挺地站在山上便會摔落。

禮子趴伏在機車上，緊緊攀附著山峰似的寸步不離。

路標映入了禮子的眼簾。她騎過山中小屋一旁，進一步攀登。

她騎了好一陣子後才發現，自己已經通過了本八合目。

35 到達

禮子不曉得自己騎在什麼地方，衝上了通往八合五勺的陡坡。這時她注意到頭痛和噁心的感覺平息下來了。

幾乎沒有登山經驗的禮子，自從開始騎Cub爬富士山以來，一直為高山症所苦。然而，當她抵達這些日子所無法到達的高度時，忽然便從痛苦之中解放了。

她感覺到注意力不集中的腦袋逐漸變得清晰。蔓延在推土機登山道的每顆石礫都看得一清二楚。甚至感受得到自己騎乘的位置，就像是從高空俯瞰一般。

馬力因高山低氧而衰退的特製Cub，狀況好得驚人。

方才因路面顛簸而劇烈搖晃的車身，如今僅傳來溫和的震動，彷彿像是騎在低山中維護完善的林道一樣。Cub隨著禮子的意思而馳騁著。

禮子心想，這是個很危險的狀態。

傳達危機給身體的感官開始麻痺了。步行登山似乎也會陷入這樣的狀況。缺氧的大腦會陷入無論多麼險峻的山路，自己都能走的錯覺。而後滑落山下或意識不清將使自己

無法行動，在無法繼續動彈的情況下把生命奉獻給山峰。

禮子毫無迷惘地繼續攀爬著。縱使目前的自己應該中止登山，她也想爬得更高。像是為她有勇無謀的行動加油打氣似的，路標映入了視線中。禮子以深植體內而非大腦的操縱技術反覆爬坡和迴轉，通過九合目。她不記得自己是怎麼騎過來的。騎著騎著就在這裡了。

禮子半昏迷地操控著Cub。她扭著輪胎，爬上角度更加傾斜的登山道。她使勁操控著即使油門全開，行進依然變得遲緩的Cub。禮子開始覺得，這樣的自己好像其他世界的事物一樣。簡直像是在一成不變的深夜國道騎了一整晚似的——她陷入這樣的思緒中。她不曉得自己是誰、在做什麼，以及這裡是何方。禮子甚至連評估剩下的路還有多長都辦不到了。

前方出現了某種東西。她一思及此，Cub的前輪便浮在半空中。在思考之前，禮子先是反射性地移動重心，試圖想辦法讓車子恢復原狀。但輪胎不肯碰地。

既然如此，那麼乾脆騎機車飛在空中吧。她抬起前輪，僅用後輪騎了一會兒。

Cub撐過了這個無法避免摔倒的情況，不過那也是幾秒鐘的事。失衡的郵政Cub直接倒向地面，從坡道滾落。

Cub撞到路旁的岩石後便停住了。至今摔倒過無數次的禮子，用力踢向機車在地面滑行，避免衝撞到石頭。不耐磨的工作服破損，底下的皮膚被刮了下來。

傷口的痛楚，讓先前無感的頭痛及噁心襲向禮子。她沒想到會這麼難受。禮子心想這輩子再也不要爬山了，卻痛苦到令她懷疑這輩子現在立刻就要落幕了。

她稍微花了點時間才坐得起身子。比起自己的傷，她先是看向機車。搶眼的紅色車身。早知道別看就好的東西，進入了她的視野。

禮子的郵政Cub在砂石登山道摔倒並滑落後，車身撞到了岩石。外觀好幾樣零件都噴掉了，車體也有著偌大傷痕。

曲軸箱蓋漏著機油，似乎是撞到引擎了。車身構成看起來之所以會怪怪的，鐵定是因為車架也變形了吧。

禮子摸索著工作夾克的胸前口袋，拿出手機來。這時她才終於留意到，自己身上也受了好幾道傷，並且流著血。當她看到傷痕的那一刻，身體隨即痛了起來。

在跌倒的衝擊下，禮子的手指不太聽使喚。她以這樣的手指操作著手機，打電話給五合目的山中小屋。

「是的，完工了。可以請您在送貨到山頂的回程載我一趟嗎？」

要運送物資到山頂的小屋老闆，立刻便開著履帶式輸送車現身了。

老闆在去程先繞去確認禮子平安無事，在山頂放下貨物後，回程幫忙載了禮子和Cub。據他所說，幸好是人力抬得起來的Super Cub，而非越野車。

平時沉默寡言的老闆，向載在貨斗上的禮子攀談道：

「妳沒能到頂上去嗎？」

禮子並未回覆，而是轉頭望向身後。霧氣因朝陽而稀薄，使得富士山清晰可見。老闆還從駕駛座向後方伸出手來，遞了一顆青蘋果給她。

禮子接過蘋果咬了下去。青蘋果的酸味滋潤著她的喉嚨。

「不過，感覺還不壞。」

九合目前方。力竭摔倒前的禮子，確實在朦朧的意識中感覺到，山巔已近在咫尺。

禮子的夏天就這麼結束了。

36 山中小屋之夜

「好像傻瓜一樣。」

小熊以一句話評斷述說自己暑假的禮子。

禮子噗哧一笑，夾起小熊所做的什錦燒。

「嗯，的確是啦。我自己也覺得，為什麼要去做這種傻事呢？」

不喜歡邊煎邊吃的小熊，拿平底鍋一口氣做了好幾塊什錦燒。見到禮子心滿意足似的大快朵頤，小熊也動起了筷子。

這對怕燙的小熊似乎還有點太燙，她呼著氣冷卻嘴裡那塊什錦燒後吞了下去，而後喝了口冰涼的無糖氣泡水說：

「騎機車爬富士山，真的很像呆瓜耶。」

禮子所住的小木屋，位於北杜市北部的別墅區。

暑假最後一個星期的傍晚，今天小熊來這裡作客。

結束了為騎乘機車攀爬富士山而做的山中小屋打工，回到北杜來的禮子，半強迫地邀請小熊到自己家來。小熊同樣做完了往返北杜到甲府之間的文件配送工讀。

雖然她們兩個認識，且在學校常常聊天，不過幾乎沒有在放學後見面過。不曉得她們的關係，是否稱得上朋友。

小熊是個不怎麼渴求溝通交流的人，這點禮子也清楚。她原以為今天也會被拒絕，沒想到小熊很乾脆地騎著Cub到自己家來了。或許Cub擁有一股力量，可以改變人的行動力。

她們倆吃著什錦燒、喝著氣泡水，在山中小屋的對話，要比平時熱絡。

小熊所騎的中古Cub，據說過去有三名車主相繼往生。她是以不置可否的心態記著這件事，但告訴禮子之後，她便捧腹大笑。看樣子禮子有透過她所光顧的車行，聽過同樣的謠言。

「第一個買下的蕎麥麵店老爺爺，他是喝了太多酒而翹辮子，和Cub沒關係啦。接著買車的書店第二代不是死了，而是背負著債務連夜逃亡了。第三個車主神父，單單只是因為駕照被吊扣，所以脫手罷了。」

小熊得知自己的Cub並非那麼不吉利，覺得心中些許不安紓解掉了。不過歷代車主似乎都不是什麼好東西就是。

吃完什錦燒當晚餐後，小熊和禮子聊著聊著，便來到很晚的時間了。

禮子挽留了站起身來，想說差不多該回家的小熊。

「妳就住下吧。這一帶沒有路燈，晚上一片漆黑喔。」

小熊決定答應她的邀請。她也曉得鄉下的山路有多麼昏暗及危險。她實在不太願意光靠著Cub小小的前照燈回去。

牽進室內的郵政Cub，一旁丟著一個睡袋。禮子將它拋給小熊。

小熊很感激她一派輕鬆的顧慮。如果把她當作客人讓張床給她，也會令小熊感到尷尬。而且小熊吃晚飯時就在偷瞄睡袋的事，似乎被禮子發現了。

沒有露營過的小熊，迄今從未用過睡袋。不過每次她調查Cub相關事項時，都會看到網路上常見的Cub兜風體驗遊記。

她並不想進行一場外宿的機車之旅，可是未來不見得依舊如此。或許她會變得想去露營也說不定。

倘若現在不穩定的生活，因為一點小小的挫折而出現偏差的話，搞不好她會和Cub一塊兒被趕出公寓，被迫過著露宿野外的生活。

借用了浴室、睡衣和牙刷的小熊，躺進鋪在禮子床鋪旁的木乃伊型睡袋，拉起拉鍊包覆著身體。

小熊和禮子兩人並排就寢。禮子從床上看向置於房間角落那輛修復中的郵政Cub說道：

「我果然做了蠢事嗎？」

小熊的回答，和初次聽聞攀爬富士山的事情時一樣。

「嗯，很蠢。」

小熊看了一眼和禮子的紅色郵政Cub並排停放在室內角落的綠色Cub後，補充道：

「妳居然在半路摔了下來。要是我的Cub，就能爬上山頂了。」

禮子在床上亂踢著雙腿，笑了出來。

「那怎麼可能。騎Cub爬富士山是辦不到的！不可能。」

小熊聽出了禮子一丁點這樣的念頭也沒有。今年夏天放棄登頂，是今後八成會不斷展開的挑戰當中，首戰的一次敗績。她只是在逞強，認為僅僅一次的失敗，不過是誤差罷了。

「雖然很傻，但我不認為辦不到。」

昏暗的山中小屋裡，停放著禮子和小熊的車。一紅一綠規規矩矩排好的兩輛Cub，看起來就像是帶著困擾的表情，眺望彼此的母親炫耀自己的孩子一樣。

一九六三年八月。

住在山梨縣的登山家兼機車愛好者，騎著Super Cub由富士宮口登頂成功。

同一年，上野動物園的園長，以Hunter Cub和Monkey的混編車隊，達成了攀登富士山的壯舉。

37 輕機的不自由之處

兩人在禮子的山中小屋一同度過夜晚。

小熊裹在借來的睡袋裡，躺在地板上。

木屋的地板鋪著厚實的羊毛毯，所以躺起來感覺挺不錯。在這個據說夏夜也不需要冷氣的山梨北部當中，禮子所住的別墅區氣溫相當宜人，十分涼爽。

小熊應該只是去玩一下才對，卻在情勢演變下和禮子同桌吃晚飯，無意間就得住下來了。

一旁有張簡樸的床鋪，是將啤酒箱排列在地後，放上床墊而成的。禮子在上頭玩著手機。

環境和平時不同因而有些靜不下心的小熊，開口問身旁的禮子：

「接下來的暑假妳要做什麼？」

小熊和禮子的暑假，還剩下一週左右。

由於小熊有按日寫作業，感覺不會在假期結束之際慌張失措，可是休假幾乎都在打工中度過的她，一旦沒事做便會坐立不安。

禮子隨即回答了小熊的問題。

「修理Cub。」

禮子那輛被牽進屋子裡的Cub，到處都有損壞。雖然小熊覺得「假如是自己的車毀損到這種地步，她將會沮喪得無法振作」，但或許也有「多了一個修理它的樂趣」這種想法。

「那妳打算做什麼呢？」

小熊也是幾乎不假思索地答道。今日她來此地的真正目的，就是要找禮子商量。

「我想去考駕照。」

禮子從床上坐起身子。

「駕照……是指普通重機的？」

小熊點頭回應。

她在這趟騎著Cub來往北杜及甲府的打工中拓展了行動範圍，知曉了Cub這輛機車的便利性和趣味之處。

同時她也體會到了輕機的不自由之處。

五〇cc的第一種輕機，被制定了一個脫離現實的法定速限。在小熊居住的山梨，鮮少會看到超速的當地農民或學生的輕機遭到警察取締，但那依然是違規。

小熊在騎車時，也發生過好幾次後照鏡映出警車的模樣，讓她明明沒有違規卻總覺得心頭一涼的狀況。

路口兩段式右轉這個五〇cc輕機特有的難搞玩意兒亦然。小熊數度在輕機有義務兩段式右轉的三車道路口中，不小心拐進了右轉車道而被路口的警察或警車提醒。

根據那位打工時認識，任職於甲府高中的女老師說，她老家的縣市，警察看見輕機進入右轉車道後不會做任何提醒，會等對方轉彎後再去逮人開單。這種狀況層出不窮。

這樣一來，街角的警察就跟自動櫃員機沒兩樣嘛——心中如是想的小熊，決定把那些難以定下用途的打工積蓄花在自己身上，而非送給街上那些穿著制服的ATM。

「我要去考機車駕照。」

聽聞小熊的決心，禮子說：

「妳的Cub是五〇cc的，考取駕照也不會有改變喔。」

「那個之後再考慮。」

聽見了這句話的禮子從床上起來。她衝到房間角落去打開桌上型電腦的開關，同時說道：

「既然決定了，就馬上來預約吧。」

小熊漠然地想著要考取機車駕照。禮子一聽見這個想法，便立刻當場開啟鄰近的韮崎駕訓班網站，完成了小熊的報名申請。

根據禮子所言，在意駕訓班的風評或設備而心猿意馬的人，到頭來無論做什麼都會猶豫，在迷惘時便錯失了獲得駕照的機會。既然如此，那麼就趕緊到離家最近的地方去比較好——禮子才會決定這間她去年拿到普通重機駕照的駕訓班。

「明天早上就去辦報名手續和聽課，沒問題吧？」

禮子依舊強硬且充滿行動力。小熊的臉頰在自己也沒注意到的時候，都快放鬆下來了。她按著臉頰說：

「那早點睡比較好。」

小熊的二輪授課，隔天便開始了。

禮子僅有在報名時協助，之後她並未提供建議之類的給正在上課的小熊，將剩下的暑假統統花費在修復自己的Cub上。

在暑假的尾聲，小熊取得了普通重機的駕照。禮子也似乎修好了郵政Cub。

小熊和禮子各自的八月結束後，兩人迎向了高二的第二學期。

38 第二種輕機

開學典禮後，教室裡開始正常上課。人在裡頭的小熊，思索著自己和第一學期有些什麼不同。

她起床的時間和一直都在打工的暑假一樣，也同樣騎著Cub到學校去。上午的禮子依然對她的話愛理不理。她今天早上在看保養汽車的雜誌。

若要說到有哪裡不同，頂多就是原本只有輕型駕照的小熊，考到了普通重型駕照。

她雖然希望靠著打工的收入，過著比第一學期優渥的新學期，可是為了獲取這張小小的卡片，儲蓄幾乎都用光了。

記得買下Cub的時候，一點一滴存下的學貸也是花到一毛不剩。小熊心想：難道機車這種機械寄宿著詛咒，會讓車主散盡家財嗎？但她並未感到不悅，這點讓小熊自己都沒來由地感到害怕而笑了出來。

午休時分，禮子和先前一樣來邀約小熊吃午餐。

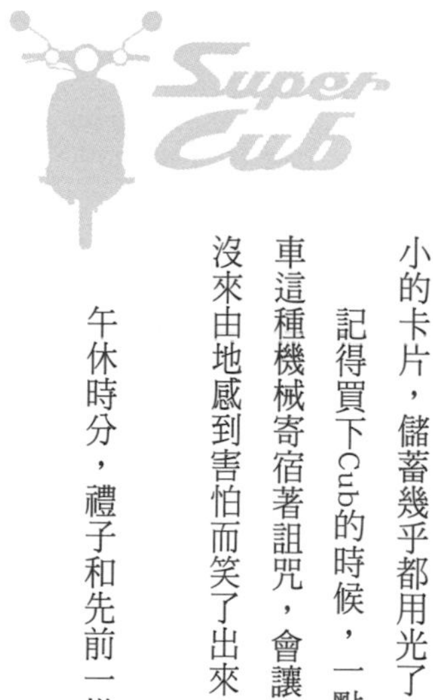

見到禮子牽起自己的手臂，小熊注意到有個地方不同了。她的手腕殘留著褐色的痕跡。只要騎機車，必定會在手套和夾克的交界處，留下那樣的曬痕。

那是夏天期間一直騎乘輕機的小熊和禮子，她們共享的小麥色手環。

莫名害臊起來的小熊，想說下個週末到二手衣商店或機車用品店去，找一件會確實保護手腕的機車夾克。

揮霍的誘惑又再度在她耳邊低語。小熊用力地搖了搖頭，在午餐的老地方——停放於停車場的Cub座墊上就定位。

小熊把八寶菜調理包，倒在裝滿便當盒的白飯上。之所以會連午餐都一成不變，是因為她現在仰賴學貸生活，由不得她奢侈。而另外還有一個理由，讓小熊非得縮衣節食不可。

小熊側坐在車上，朝著坐在對面郵政Cub上，拿出三明治的禮子說：

「果然還是得改裝引擎才行嗎？」

小熊決定將打工賺來的存款，用在脫離五〇cc輕機於法律上的不自由之處。

輕機這種天地任我行的機械，三十公里的速限會限制住它的行動範圍一事，實際在

公路上跑過便會十分清楚。

小熊很希望處理掉「速度比其他汽機車還慢」這個套在自己身上的限制。迄今總是忍耐並接受著束縛自己的無數制約，唯唯諾諾遵從的小熊，想先來解開幾道箝制著自己這輛Super Cub的桎梏。憑藉著自己的力量、自己賺來的錢。

她認為自己之所以會萌生這種念頭，可能是受到了禮子述說的那段騎車攀爬富士山的奇特行徑影響。

自從騎機車後，小熊開始會注意出現在電視或網路影片裡的Super Cub，但她在外國影片裡經常看到家人、朋友或情侶騎著Cub雙載的模樣。她現在的車，就連這件事都辦不到。

小熊想像著，假如自己的Cub能夠雙載後的畫面。雖然她並沒有特別想載誰，不過她覺得讓禮子坐在後座似乎很有趣。

為了獲得這個小小的自由，小熊把暑假最後一星期花費在取得駕照上。然而，若是不讓關鍵的機車從輕型進化，便一籌莫展。

話雖如此，她也沒有錢購買九〇或一一〇cc的高階款式來換掉Cub。

小熊在上駕訓班的同時，會自己找機會到學校圖書室借電腦上網查資料。她因此得知Cub出了很多增加排氣量的改缸套件。

如果是最廉價的套件，利用她花在駕訓班之後所剩下的錢也並非買不起，但小熊實在提不起勁裝那種東西。

不清楚其他機車，沒有拿Cub和它們比較過的小熊，查著查著知道了Cub是一輛耐用且不易損壞的輕機。不過她認為，輕易地安裝上非原廠零件，不會壞的Cub是不是就會從此開始故障呢？

禮子憑著自己的喜好，在紅色的郵政Cub各處裝上了清一色藍的改裝零件。最起碼小熊常常聽她說車子哪裡壞掉了，又或是替換掉了哪個部分。

小熊很希望想個辦法在不更換目前零件的狀況下，將Cub登錄為第二種輕機（註：在日本道路運輸車輛法中，指排氣量五〇cc以上，一二五cc以下的機車）。於是，小熊決定問問看比自己更清楚機車的禮子。

禮子撫摸著郵政Cub的九〇cc引擎，答道：

「若是這樣，那有一個辦法。」

嘴裡塞滿便當的小熊，聽著禮子說下去。

那便是稱作「搪缸」的方式。

量產市售車的引擎，如果重視壽命和可信度的話，那麼維持出廠狀態不要調整是最好的。不過在這當中，有一個稱得上是例外的加工。

那便是將引擎內部叫作汽缸的圓筒型燃燒室之中的些微變形及扭曲，利用比產線上所使用的加工機械更精密的器材，重新磨圓來修正。

之後再拿廠商提供作為修補零件的加大尺寸活塞重新組裝引擎，如此一來便有可能同時延長引擎壽命及提升排氣量。

禮子所說的這番話，小熊大概只聽懂了一半。她唯一理解的部分是，暫時不用改變Cub目前的外型和操縱感。

儘管萌生了興趣，但這道工程自己當然做不到。小熊不曉得該拜託誰才好。她原本也想問問禮子這件事，後來還是決定在那之前先自己調查尋訪看看。

總之，小熊在放學回家時，造訪了買下這輛機車，並且在更換機油時受到對方照顧的中古車行。

她帶著「要是能聽到些什麼資訊當作參考就好了」的念頭，試著詢問老闆關於藉由搪缸來提升排氣量的事，結果老闆很乾脆地答覆說：

「嗯，可以啊。引擎我會交給加工行處理，所以車子得放在我這兒保管幾天，但我會提供代步車輛的。」

面對立刻試圖推車入庫的老闆，小熊連忙詢問費用相關事宜。

老闆並未看著價格表之類的東西，就這麼敲打計算機，而後告訴小熊大致的預算。

那筆金額，和市售最便宜的改缸套件差不多。要全新添購的零件頂多只有活塞和汽缸墊片這些。沒有立竿見影的性能提升，大概就是這樣了——老闆說。

小熊正式委託車行替Cub搪缸。

老闆推了一輛借她代步的藍色Cub來。見狀，小熊問了他一句：

「您說我的Cub害死過三個人，那好像是騙人的呢。」

老闆聽完小熊從禮子那兒聽來的內容之後，瞪大雙眼凝視著她花了一萬圓買下的Cub，拍打著自己的光頭。

「傷腦筋。如果是沒有任何隱情的Cub，就算再貴十萬圓也賣得掉。」

之後他又拍了一下頭，開始繼續聊下去。以惜字如金的老闆來說，實屬罕見。

「Cub這輛車當真讓車行欲哭無淚啊。客人買了之後也不會壞。就算壞了，由於零件便宜，所以沒有賺頭。但它的車主都說車子要拿來工作，所以催車行修快點。」

小熊從抱怨連連的老闆那兒接過鑰匙，騎乘代用的Cub回去了。

借來代步的Press Cub這輛送報用的藍色機車，外觀雖略顯陳舊，引擎的狀況卻很好。小熊的心境，有如穿上顏色相異的日常服裝。就在她騎著藍色Press Cub四處晃蕩後過了幾天，她的Cub結束搪缸工程回來了。

小熊付掉比當初估價還便宜一些的金額，而後拿著請車行製作的文件，騎著代步的Press Cub來到管理輕機登錄的北杜公所分部，辦好手續。

她繳回至今所安裝的白色車牌並收下黃色車牌後，馬上就把新車牌裝上車了。

小熊記得自己在孩提時代，有和朋友玩過「看到什麼顏色的車牌就會走運，看到幾張某種顏色的車牌就會不幸」這樣的遊戲。

那時候的當地規則是看見三張黃色車牌便會遭逢不幸，因此小熊有點抗拒為自己的Cub裝上這樣的車牌。

實際裝上去後，看似比先前的白色車牌更加帥氣。這便是脫離了正常騎乘在路上就會被警察逮住的法律制度，獲得自由的證明。

小熊帶著像是對兒時的自己述說般的心情，自言自語地低喃著：

「那並不會……不幸呢。」

因為Cub是這麼地有趣，今後勢必會變得更有意思。

北杜市
20-17

39 爆胎

小熊的Cub名正言順地成了第二種輕機後，據車行表示它從四十九ｃｃ變成了五十二ｃｃ。但坦白說，她騎在路上也不曉得和以前的Cub差在哪裡。

照禮子所說，依據氣溫、路面狀況和和提升五％多一些的排氣量相符的馬力升級。油箱內的汽油量不同，也是有可能會發生這點程度的變動。

比起馬力，對小熊來說，法律層面的自由度變化還比較大。

迄今不論是什麼道路皆限制在三十公里的速限變得和其他車輛相同，能夠毫不勉強地跟上車流騎乘了。

即使是在幹道上的大型路口，也用不著進行那個令人費解的兩段式右轉了。

自從第二學期開始後，小熊便會在放學後或假日，騎著比過往要來得自由的Cub四處溜達。

她會在地圖上確認山梨當地大城市和主要幹道，找到未曾造訪的道路或城鎮便會騎過去。甚至也有試著騎到位於隔壁長野縣的諏訪和松本。

僅僅數個月前還心驚膽跳地遠行的韮崎市鎮，如今已成了回到家附近的地標。

小熊頂多是常在外面吃便當，像在模仿野餐一樣，騎車本身沒有購物或觀光這樣的目的。但無論怎麼騎，她都不會膩。

她之所以會像是被人催促似的騎著Cub到處跑，或許是餘夏漸趨平緩，秋季氣候騎起車來很舒服的關係，不然就是機車行動會受限的冬天腳步逐漸逼近之故。

這一天也一樣，起得比平時還早的小熊，在上學前先到鄰近的路上晃了晃。

騎車兜完風代替晨跑的小熊到了學校去，在走廊上發現她身影的禮子便跑了過來。

「妳沒事吧？」

馬上就是早晨打預備鐘的時間了。小熊試圖到教室去，但禮子卻拉著她的手臂前往停車場。

小熊詢問發生了什麼事，禮子便唐突地問道：

「妳有沒有爆胎？」

就小熊的印象，她不記得輪胎有異狀。小熊搖搖頭後，禮子便解釋給她聽。

根據禮子表示，位於小熊今早散步的去處——亦即白州地區到學校半路上的蕎麥麵店，那裡的老闆被警察逮捕了。

罪狀內容是在路上放釘子，害往來的車輛爆胎。他拿鑽孔機在柏油路上開洞後放置釘子，再以接著劑固定——做得如此周到。

小熊從未耳聞，禮子也是今天早上鬧到警察那兒才得知，打從以前就有傳言說經過這條路會爆胎。當初警察相應不理，可是由於案例太多，甚至有小孩子不但腳踏車爆胎，腳底還被釘子刺中而受了嚴重傷害。至此東窗事發，放釘子的人才終於被逮捕。

據說他一開始的目的，只是要讓半夜呼嘯而過的機車爆胎，但往來的汽機車及腳踏車爆胎後困擾的模樣愈看愈過癮，才會持續進行在路上放釘子的行為。

今天早上走不同路線上學的小熊，也有經過那家蕎麥麵店。她心想自己的輪胎該不會也被刺破了，和禮子兩個人連忙檢查Cub的輪胎。

確認前輪的小熊，沒有發現什麼奇怪的地方。用手指去按，胎壓也正常。

檢查後輪的禮子「啊」一聲叫了出來。小熊也往後輪瞧去，看似並沒有扁掉。

禮子用手指戳著胎面，也就是輪胎與路面接觸部分的其中一處說：

「妳得感謝Cub才行呢。」

她所指著的地方扎著釘子，露出銀色的頭來。

小熊忍不住想拔起釘子，卻被禮子阻止了。

「最好不要把釘子拔掉，就這樣送去給車行。」

儘管胎壓有略微下降，不過尚在正常範圍。

照禮子所說，Cub的車胎是有內胎的，和現今汽機車主流的無內胎輪胎相比，較怕爆胎。然而，Cub原廠配備的雙層式內胎，內部封入了會自動修復爆胎的硫化膠水，因此破洞順利地封填了起來。

「妳的運氣真好，雙層式內胎也是有救不回來的時候。而若是普通的有內胎輪胎，騎了數百公尺就沒辦法上路了。」

到了放學後。小熊對中釘的輪胎懷著忐忑的心情，依照禮子的吩咐將車子帶到購買的那家中古車行去。老闆隨即著手動工。

小熊眺望著工程說：

「爆胎最好也要會自己修，對吧？」

建議小熊自己動手換機油的老闆，邊動手邊回答：

「最好別那樣。Cub的輪胎很難搞，拆胎棒會把內胎弄破。到處都有地方修理Cub，交給店家比較好。」

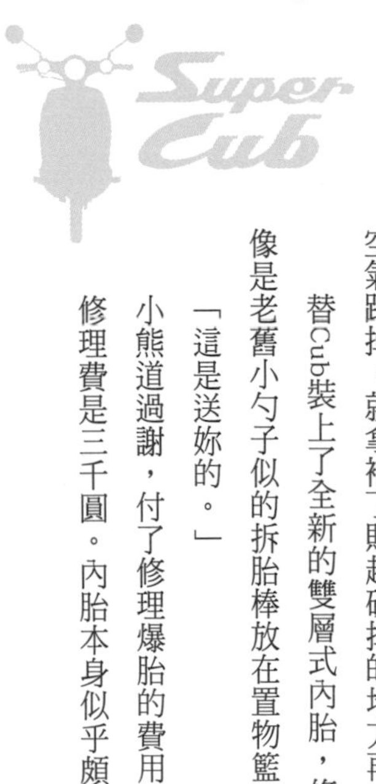

大部分機車行都有Cub內胎的庫存。而且，無論是在日本哪個角落，只要是有在做附近報社或蕎麥麵店生意的腳踏車行，似乎也接受修理Cub的爆胎。

小熊雖然回以應允之意，但腳踏車爆胎是她自己修好的，而且她不太願意將今後還有可能發生的爆胎情況，交給別人修理。

老闆似乎注意到了小熊的反應。只見他站了起來，從店裡工作區一角拾起了一顆機車的車輪。

就外觀看來，那和小熊所騎的車是同樣的東西。骯髒陳舊的電鍍輪圈，嵌著一條已經光溜溜的輪胎。

「妳拿這個練習。妳把外胎和內胎卸下後，再重新裝回去灌風。如果內胎破損導致空氣跑掉，就拿補丁貼起破掉的地方再來過。」

替Cub裝上了全新的雙層式內胎，修完爆胎的老闆，便把附有輪圈的舊輪胎和一支像是老舊小勺子似的拆胎棒放在置物籃裡。

「這是送妳的。」

小熊道過謝，付了修理爆胎的費用後，離開中古車行。

修理費是三千圓。內胎本身似乎頗昂貴的樣子。雖然這筆開銷很傷，但正因如此才必須要自己學會修理爆胎，節省開支不可。

回到家的小熊把舊輪胎帶到房裡，再將拆胎棒、以前所買的千圓工具組，和腳踏車用的打氣筒擺在她所鋪設的紙箱上，開始練習更換輪胎及內胎。

就如中古車行老闆所言，小熊連續弄破了內胎五六次，因此把腳踏車用的補丁用光了；但她隔天便去添購了補丁，並在放學後繼續練習。

反覆動工將近十次的時候，小熊終於能在不弄破內胎的狀況下，更換輪胎了。

之後過了幾天，小熊彷彿像遭到這種厄運纏身似的，接連不斷地遇上爆胎。

每次爆胎，她便會裝上在網路上大量採購的廉價內胎，而非雙層式的。幾次之後，她開始介意起千瘡百孔的輪胎本身的強度，因此不顧堆積如山的內胎，把輪胎換新了。如果不是昂貴的性能胎，而是Cub原廠胎的話，一條只要一千多圓就有了。

歷經無數次爆胎後，小熊明白了幾件事。那就是在外頭爆胎時不要硬是去修理，就維持輪胎扁掉的狀況慢慢騎回家。而內胎也別以補丁修補，看開點換新的比較好。

總之，為了應付當自己在遠方爆胎，無法憑一己之力回來的情況，小熊決定先在後箱裡放置備用的內胎，以及鋼瓶式的速效型修補器材。

40 教育旅行

失去父親，母親又棄她不顧，僅憑學貸過著清貧日子的小熊，內心也會有所期待。

那便是每個月一次的學貸撥款日。

那並非免費贈予，而是無息學費貸款。據說要等到磁浮列車通過山梨的時候才還得完。但目前以最明確的方式，證明小熊「可以活在世上」這個事實的東西，就是存摺的餘額了。

小熊在位於學校歸途的信金ＡＴＭ刷了本子，眺望著每個月一成不變的紀錄。

由支援學生教育的財團匯入戶頭的金額頗多，可是還得扣除學費、房租、水電瓦斯等其他雜費，純粹能夠用在自己身上的零用錢少之又少。

在這當中，還包含了餐費及日用品的開銷。想稍微奢侈一下，也得對金額抱持著視死如歸的精神。從前的小熊會對此唉聲嘆氣。

如今她開始騎機車之後，明明開銷因為汽油和各種零件等而確實增加，她嘆氣的次數似乎比以前減少了。

有寵物或扶養親屬，大概就是這種心情吧——帶著此種念頭走出信金的小熊，撫摸著停在外頭的Cub座墊。

儘管它是個很花錢的同居人，卻能讓自己到遠方的購物中心買東西，而非附近較貴的超市。因此，它有為減少餐費和生活費做出貢獻。

小熊再次望向存摺。

在各種扣除額當中，有個名為教育旅行儲備金的項目。

雖是必要開銷，但每個月都有筆能夠加滿一次油的金額從戶頭溜掉，這點令小熊感到有些忿忿不平。

接近第二學期的中期，吹向南阿爾卑斯山麓的風帶有若干寒意的時候，每個月從小熊那邊奪取旅行費的元凶——教育旅行的日子愈來愈近了。

今年的目的地是鐮倉。小熊原以為選在隔壁縣是想就近解決，不過她所就讀的這所公立高中創辦人，祖先是甲斐武田家的家臣，和鐮倉幕府亦有深厚關係——還有這層歷史上的緣由。

小熊對那些日本史及鐮倉名勝毫無興趣，但可能是受到身旁興沖沖的同學影響，她漸漸期待起教育旅行了。

小熊沒有會在白天的自由行動中一塊兒遊覽鎌倉的朋友，但禮子八成會把她帶到哪裡去吧。

昨天禮子手上拿了一本雜誌，裡頭刊載著過去曾經被稱作湘南子彈公路的沿海道路——國道一三四號線的報導。她拿著這本雜誌到小熊這兒來，單方面約好要一起去看。

比起那個，夜宿旅館對小熊比較有吸引力。

由於移動距離省了下來，相對的他們會住在以教育旅行來說相當高級的旅館。對於獨自過著質樸自炊生活的小熊而言，附在教育旅行手冊上頭的旅館導覽裡所刊載的，那些平時的粗茶淡飯所無緣得見的高座豬火腿、三崎魚料理及鎌倉甜點，光是看到照片肚子都快叫起來了。

茶來伸手飯來張口的餐點、有檜木香味的澡堂，以及翠綠的榻榻米和鬆軟的棉被。能體會到這麼奢侈的滋味，便讓小熊覺得每個月的儲備金也不是白花的。

說到底還是很期待教育旅行的小熊，在旅行當天迎向了一個非常不愉快的上午。

到了旅行日早上，小熊忽然發高燒臥病在床。她的體質鮮少會感冒，不曉得是今年餘夏過短，一下子就入秋的氣候害的；抑或是小熊很不像她的個性，在旅行前一天太過亢奮所致。

無論如何，既然生病就沒辦法了。不幸中的大幸是，她所罹患的只是普通感冒，感覺只要好好睡一覺便會痊癒了。小熊拿手機向學校請病假後，在公寓房間裡蓋著棉被躺臥在床。

在班上的同學出發前往教育旅行的時間點，小熊當真感到惱火。她想說假如燒得很嚴重就到醫院去看看而從床上爬了起來，結果不知不覺間已經退燒，身體狀況極為良好。

早上發燒似乎只是暫時的，現在她感覺自己哪兒都能去。可是一切都太遲了。她期待已久的旅館豪華餐點，就這麼溜過她的手，跑到遙不可及的地方去了。

帶著難以言喻的不悅心情，小熊在房裡走來走去。

她出乎意料地在教育旅行的期間，獲得了三天兩夜的假期。而且還是因病缺席，不會在全勤紀錄上留下缺點。即使如此，她依然很不開心。

每個月支付的旅行儲備金，到了當天才取消的話，一毛錢也拿不回來吧。頂多是老師和班上同學會在投以同情話語時，遞給她一盒日式饅頭當伴手禮。這樣就算不錯了。

小熊想說確認郵件的時候順便呼吸一下外頭的空氣，於是在睡衣上頭披了件運動夾克後打開門來。她眺望著這片被令人生厭的好天氣所眷顧的秋日天空，煩躁至極地踹起

小石頭。

飛旋而去的石頭，打中小熊停放在停車場上的機車排氣管，發出清脆的聲音。

聽見這道聲音的小熊，便擱下確認郵件的事情不管，衝回房去把身上的衣物統統脫個精光。

赤身裸體的小熊，拿起了放在室內玄關旁那頂附有護目鏡的安全帽，還有手套。

她決定了，現在就要到鎌倉去。至今她一直有被扣除教育旅行儲備金，那麼去旅館吃頓飯也沒有道理受人抱怨。因為她想去，所以要去。她擁有可以幫自己實現願望的Cub。

為了出發前往獨自一人的教育旅行，小熊開始選擇長距離騎乘的衣服。到鎌倉為止這段漫長的路，是她從未體驗過的。

41 服裝

小熊在房裡做著旅行準備。幸好她並沒有服用會對駕駛能力造成負面影響的解熱鎮痛劑。

由於要騎車跑長距離，小熊率先拿出週末騎著Cub到處閒晃時所穿的牛仔套裝。合身的牛仔裝不僅方便行動，也不會隨風飄動。儘管不如皮革，不過摔倒時似乎很安全。最重要的是，萬一不小心弄破或磨損的時候，可以縫縫補補，或是把心一橫乾脆地換掉。

這時，小熊回想起這趟並非單純的外出，目的是趕上教育旅行的巴士並在半路上參加，所以才會騎車。

在追上同學之前，都是自己一個人的教育旅行。如果沒記錯的話，旅行手冊裡頭有規定，在來回的巴士上要穿著制服。

話是這麼說，但要騎Cub在幹道上奔馳，深藍色西裝外套和裙子的秋季制服打扮根本不在討論範圍內。這時候，掛在牆上的運動服映入了小熊的視線內。

和西裝外套一樣，清一色深藍的土氣運動服。它也是制服。小熊在暑假打工時，穿著它在酷暑中往返於甲府。

穿這個不曉得行不行——小熊拿起運動服，一絲不掛地到洗手間去，在鏡子前把衣服抵在身上打量。

在打工前將自己的身影映照在鏡子裡時，她也對這個看過許多次的打扮感到突兀。總覺得不太喜歡。具體來說，並非有不適合長距離騎車的要素，而是自己心中的美感或類似虛榮心的東西，拒絕這副模樣。

如果是當地山梨縣內，她不會對穿著運動服騎車到處跑有任何反感，反倒覺得是套不錯的騎士服。然而小熊想像著自己做這副打扮，騎在由這兒通往鎌倉的陌生道路上。

神奈川恐怕比平時她所騎的山梨北部要來得更加都市化。以一身深藍色運動服裝扮騎在這裡，將會令她一路上皆感到無地自容。

再說，在平日白天做高中運動服打扮出門，有可能受到不必要的輔導或職務盤問。

學校的活動規定要穿制服。不遵守它，會讓小熊懷疑起接下來要騎到鎌倉，打算和教育旅行團會合的自己。那樣一來就不是教育旅行，單純是漫無目的地騎車兜風了。

在公寓裡迷惘不已而裹足不前的自己，和教育旅行巴士之間的距離如今也持續拉開中。為區區服裝而煩惱的小熊，將以折衷方案解決這件事。

她在光溜溜的身子穿上內衣褲，再穿起牛仔套裝，而後在牛仔夾克上頭套上深藍色夾克。

晚了一步才會合的教育旅行。假如是穿著整套的學校運動服，會有一種低聲下氣地為遲到道歉，請人家網開一面給自己參加的感覺。

既然是騎Cub追上，那麼她希望以自己騎車時的打扮，抬頭挺胸地出現在老師和同學面前。那是證明她靠自己來到這兒的模樣。禮子八成也會說那樣比較有意思。

只要在上頭穿一件學校夾克，底下就算穿了像是便服的衣物，那也是不折不扣的制服打扮。小熊想要如此堅稱。

實際上，在平時的高中生活中，遵守校規的意識低落的同學，經常會在西裝外套底下穿著T恤，而非襯衫。

小熊並沒有和他們成為一丘之貉的實際感受，但遲到了這麼久，事到如今還自以為是好學生也毫無意義吧。她將運動褲放進了昨晚準備的教育旅行用運動背包裡。

她穿上厚底白襪，由肩膀斜揹起放有錢包和手機的腰包。準備就緒的小熊，開始處理另一件迷惘之事——也就是路線的選擇與檢討。

42 路徑選擇

整裝完畢的小熊，在床上攤開了地圖。

她把不久前在舊書店買的全國道路地圖放在一旁，用手指劃著那份放在高速公路服務區的地圖。

Cub無法騎上高速公路，但近年來開放給鄰近居民，而不僅是高速公路用路人的服務區有增長之勢，她以前好奇地跑到中央道服務區時，就拿了好幾張地圖來。

地圖上山梨和鄰縣的主要道路大致都有涵蓋到，十分便於選擇路線，更重要的是不花一毛錢。

就小熊大略看過地圖的範圍內，從日野春車站附近的自家到位於鐮倉的教育旅行住宿地，有兩條路線可走。

第一條是騎甲州街道並在甲府與勝沼之間轉往南邊，騎進被稱作御坂路的國道一三七號，而後直接經由御殿場和箱根來到一號線，再經過小田原及湘南抵達鐮倉。

另一條則是騎甲州街道到神奈川縣的相模湖，從那兒走國道四一二號線南下，經由宮瀨及厚木在平塚進入一號線，而後通往鐮倉。

小熊以手指測量，發現兩條的距離都差不多。即使是在山梨縣內，小熊也很少騎靠近神奈川的地區。因此，兩條路到一半她就不知道怎麼騎了。

就算要選一條Cub的弱點——也就是上坡較少的路徑，根據平面的地圖，也只能看著道路、等高線和地名自己推估。須經由御坂路的前者，得爬過御坂嶺及箱根，後者則是得跨越笹子嶺。

小熊不知道哪條路才是最好的選擇。想說乾脆擲硬幣決定的她，在地圖裡發現了一個地名，而後從房裡的書桌拿出三色原子筆。

她以紅筆描繪著從甲州到御坂，以及經由御殿場的道路，再把線畫到位於地圖邊緣的鐮倉。

小熊並沒有特別要選取這條路線的理由。只不過，這裡半路上會經過富士山須走口。

那便是禮子在這個夏天騎著郵政Cub攀爬的山。那個她最後未能成功登頂，在九合目前方摔了下來的富士山。

小熊誇下海口說自己的Cub就爬得上去，那麼事先做個調查也無妨吧。她心想，倘

若時間尚有餘裕，就騎到有車道相通的五合目好了。那樣一來，她也能堅稱自己和禮子一樣，是個攀爬富士山到一半的人。

小熊姑且用藍筆畫了條線，把經過相模湖及宮瀨的路線和鎌倉連結起來，當作第一條路因某種理由而無法利用時的備案。

她把記載著鎌倉周遭詳細資訊的道路地圖放入教育旅行用的背包，而畫有整體路徑的地圖，則是摺成小張放進斜揹的腰包裡，以便隨時都能取用。小熊確認完房裡的水龍頭和瓦斯開關後，拿著包包、手套和安全帽前往玄關。

她看著百圓商店所買來代替鞋櫃的架子，挑選著鞋子。

話雖如此，她並沒有那麼多雙鞋。主要就是上課用的樂福鞋和運動鞋，還有為了騎車時所買的高筒籃球布鞋。

由於大賤賣而一口氣買了好幾雙的籃球鞋上頭，有一雙她最近買的鞋子。

那雙黑色皮革短靴，是她在甲府大型舊書店體系的二手商店所發現的。

這雙包覆到腳踝的靴子以未使用的中古品來說相當便宜，而它是從舊冰刀鞋上取下了冰刀之物。

鞋底雖有先前鎖過冰刀的螺絲孔痕跡，不過平底橡膠好走又好跑，最重要的是極為適合騎乘Cub。

小熊穿上這雙仍有些硬的新品二手短靴，並緊緊繫好鞋帶後，拿著行李打開玄關的大門。

自從失去雙親並搬到此處後，這可能是第一次讓房間空下好幾天。縱使平安無事地和教育旅行團會合，也不曉得後天傍晚是否能順利回來。

小熊在玄關前轉頭望向室內，再度仔細看了一次自己所居住的地方後，關上門並鎖了起來。

就安然無恙地回來吧——小熊如是想，同時走向接著要一道旅行的Cub那裡。

43 遺忘的東西

小熊把塞滿教育旅行行李的運動背包，放進了Cub後方的鐵製行李箱。就旅行包而言顯得略小的背包，恰好容納在箱子裡頭。是她偶然選到這個大小的包包嗎？抑或是下意識地預料到事情會變得如此呢？單純只是小熊為了在教育旅行結束後也能騎車出門使用，才選擇這個尺寸的包包吧。

裝好行李的小熊，發動了Cub的引擎。身穿牛仔套裝的她，在暖車的時候拉起上半身夾克的拉鍊，重新繫緊皮革短靴的鞋帶，再把安全帽下頷的頤帶繫好。她確認著前後煞車及燈光，並以手指按壓檢查胎壓後，稍稍轉動了油門試探引擎的反應。

一切都沒有問題。戴起手套的小熊跨上機車，離開了自家公寓的停車場。

來到公寓前的道路時，小熊再度回首觀望自己的家。而後她將視線轉了回來，確實看著自己的行進方向才騎出去。

小熊一騎到路上便隨即煞車迴轉，折回公寓停車場。

她下車回到公寓，打開門鎖進入室內。小熊忘了帶那個搭巴士前往教育旅行時不需要，但騎車時遺忘不得的東西。

她利用高中家政科時間自己縫製的橄欖綠束口布袋裡，放置了一件機車用雨衣。當下雨的時候，這件夏天稍微破費買下的高性能風雨衣會派上用場吧。

她從冰箱裡拿出寶特瓶裝的茶，放進百圓商店的寶特瓶保冷袋裡拎著走。如果在外頭買，將會是一筆無謂的開銷。

走出玄關鎖上了大門的小熊，衝向沒有熄火的Cub，再把風雨衣放進後箱裡。裝有寶特瓶茶飲的保冷袋，則是掛在機車右膝處，吊掛超商塑膠袋用的掛鉤上。

第一個目的地，是離家最近的加油站。到鎌倉大概要騎一百六十到一百七十公里。包含繞路和在當地四處騎的距離，加滿油的Cub幾乎會把油耗光。

儘管油箱裡剩下的油料還算充裕，不過小熊想馬上先去加個油。

上午時分，小熊載好遺忘的東西，重新由日野春車站附近的自家公寓出發。

倘若她不是做牛仔套裝再加學校夾克的打扮，那副模樣就會像是銀行行員外出收款或跑外務。

雖說是出遠門，也只是到隔壁縣去，並非縱貫日本。這樣就綽綽有餘了。

在縣道騎了一公里左右的小熊，於日野春車站前入口的十字路口左轉，騎在國道二十號線往東南方而去。

小熊在通學、打工、購物，或是漫無目的地騎車玩耍時，騎過這條路無數次了。

一進入二十號線，馬上就會看到一家她平時經常利用的自助式加油站。小熊騎進站裡，把Cub的油箱加滿。

在自動繳費機付完錢後，收據便跑了出來。上頭寫著日期和時間的收據，對不寫日記的小熊來說，是個方便的紀錄。

下一次會在鐮倉附近加油，前提是順利抵達的話。

44 危險之舉

平日上午，除了小熊之外沒有其他客人的無人自助加油站裡，小熊借用站上設置的打氣筒檢查了胎壓。

前後輪的胎壓都正常。自從不久前初次爆胎以來，小熊接連遇上同樣的情況。但她似乎因此去了霉運，近來沒有再爆胎了。

就算在外頭爆胎，由於她有把替換的內胎及速效型修補器材放在後頭，應該就能處理掉吧。

接著是檢查機油。因為這東西最近也才換過，所以機油量和黏度都十分良好。

慎重過頭的確認，大概是畏懼於接下來的騎乘而緊張之故吧——小熊抱持此種想法的腦袋，又浮現出一個有別於車況的不安要素。

此次騎車，她並沒有通知任何人。

從事配送文件的打工時，由於收送兩方都知道小熊會騎車送件，所以晚到的時候會替她擔心。

騎著Cub前往教育旅行的落腳處，和大夥兒會合後在旅館吃一頓飯的計畫，是不是應該先告知學校那邊比較好呢？

小熊脫下安全帽，從斜揹的腰包中取出手機，不過她想想還是別聯絡好了。

明明發燒不舒服而休息，卻在之後騎著輕機追趕教育旅行的巴士，鐵定會被吩咐說「別這麼做，乖乖在家靜養」。

想把一度拿出的手機收回包包裡的小熊，回想起最近聽到的一番話。

只要有在騎機車，大人總是會說「很危險，別騎了」。明明就是因為危險，才不得不騎呀。

小熊聽聞時不置可否，但最起碼說出這些話的人，應該不會阻止她接下來要做的事才對。

小熊按下手機按鍵，撥號給為數不多的通訊錄當中其中一個對象。

「那樣很危險，妳還是打消念頭比較好。」

禮子劈頭便這麼說。

「果然很危險嗎？」

禮子稍加思索才回應小熊的話語。

「如果勸妳不要，妳就會住手嗎？」

小熊的沉默比禮子還要來得長了點。話筒傳來巴士的聲音，以及像是同學們交談的雜音。

「嗯……我可能下次就會罷手了。」

小熊聽見了禮子的笑聲。坐在附近位子上的同學，詢問她在和誰通電話的聲音傳了過來，但被禮子隨便打發掉了。

「妳的思路也慢慢變得像個機車騎士了呢。知道了，我會幫妳跟老師保密的。不過到了之後，妳也要聽我的請求。路上小心喔。路況可疑的時候就不要前行。如果遇上什麼狀況，就毫不猶豫地停下來，打道回府。」

小熊覺得自己心中對於長距離騎乘的恐懼稍微變淡了一點。暫且應該不會錯過在當地吃飯的機會了。小熊的不安，不僅來自於發生事故或其他狀況，同時也是擔心這場行動會無疾而終吧。

「謝謝妳，禮子。」

說完這句話，小熊便掛斷電話，收進包包裡。她重新戴起安全帽來。

機車很危險，騎在路上就有風險——就算這麼說，但光是走在路上或待在室內，世上便有數不盡的危機。

小熊可是仰賴著學貸和打工過活，日常生活中就有危機。儘管如此，她依然思索著對策，對自身行動加以取捨並克服而來。騎乘Cub遠行，根本不足為道。

騎著加完油的Cub上路，小熊的心中又竄過了一抹不安的陰影。

如果小熊去到教育旅行的住宿之處，卻不被承認半途參加的話……原本打算享用旅館的晚餐，但若是他們連自己的餐點都未能準備的話……

小熊腦中浮現出自己騎著油箱空空如也的Cub，無精打采地踏上歸途的身影。這令她不禁想就此打住，折返回家。

她也擔心路上的情形。迄今她騎車都和摔倒或重大故障無緣，是因為運氣好。那份幸運不曉得何時會用盡。

小熊尋思，與其心想「萬一事情變成那樣該怎麼辦」而不知所措，不如想著「發生狀況後該如何處理」，這樣才能開拓前方的道路。

假設因為意外或故障導致無法騎乘Cub移動的話，那麼就請賣車的中古車行開卡車來載，自己搭電車回去就行了。修車的事情之後再考慮即可。

倘若在當地被告知沒有自己的飯菜，屆時只要逞強地說「旅館的餐點求我也不吃，我可是來享用鎌倉美食的」並憤而離席，再找家看起來不錯的餐廳去吃就好了。

那時候，就把禮子也一起帶上路吧。

不安無論如何都無法消除。既然如此，就把它當成和騎乘之樂一同品嘗的些許苦澀來享受比較好。

45 幫助別人

加滿油的小熊，沿著國道二十號線向東南方而去。

她騎在打工時跑過無數次的路上，在甲府和勝沼的界線右轉，騎國道一三七號南下御坂路。

基於假日和放學後到處騎乘的經驗，這附近的路她還認得。沒記錯的話，從前騎到御坂嶺前面的時候，因為時間不夠而折返了。

小熊的心中並沒有挑戰未知路線的不安。她在平日白天車流量不多也不少的路上，享受未曾得見的風景騎乘著。

於平地可以騎出將近表速七十公里的Cub不擅長爬坡。如果坡道很陡，還會失速到大約四十公里左右。小熊有些擔心跨越御坂嶺的情況，不過以隧道的方式穿越山峰的新路線，並未帶給Cub太大的負擔。

小熊在神威御坂滑雪板練習場位於右手邊的狀況南下，於是遠眺只看得見雪白山頂的富士山，其山腳下的巨大原野開始映入眼底了。

禮子便是試圖攀登它那昂首望去也看不見的山頂嗎？內心如是想的小熊騎在富士山北邊，經由富士吉田市區來到了山中湖。

寶特瓶保冷袋吊掛在車上那根超商塑膠袋用的掛鉤。她原本想望著湖面稍作休憩，不過在等紅燈的時候，卻拿起保冷袋喝了一口茶便了事。

小熊騎在富士山東邊，像條吸盤魚似的跟在低速行駛的自衛隊卡車後方，騎完比御坂還難走的籠坂嶺後抵達御殿場。到此為止花了快一個半小時。時間仍綽綽有餘。

小熊在御殿場有些猶豫該選擇哪條路。

如果就這麼直走南下，跨過箱根山脈後會在小田原碰上國道一號線的T字路口。在那裡左轉便會進入神奈川，經由湘南到達鎌倉。

若非直走，而是在此左轉的話，就是國道二四六號線。雖然會稍微繞點遠路，不過就地圖上看來，不需要怎麼辛苦地翻山越嶺便能騎到小田原。

小熊心想「找個地方停下來兼作休息，再看著地圖思考吧」，同時騎乘在御殿場的街道上。

她看見路邊停著一輛Cub。一名看似和自己一樣都是高中生的男孩，蹲坐在輪胎扁掉的藍色Cub旁邊。

並未特別抱持任何感想而通過一旁的小熊，騎在路上尋找可以休息的地方，但就是找不太到適合的好地方。

小熊一度騎進路旁的店鋪停車場再迴轉，折回迄今騎來的路線，將車子停在路肩。

「你爆胎了嗎？」

在藍色Cub旁一臉泫然欲泣的少年，抬頭望向小熊。

「那個……我騎到一半車子忽然震個不停，後來就推也推不動了。」

少年看似比小熊年幼許多。既然他騎著輕機，那麼八成年滿十六歲以上了。不過由於身體線條纖細的關係，小熊才會抱持這種印象吧。

爆胎後的車子，扁掉的輪胎會化為阻力，讓人推著走的時候非常辛苦——小熊在數次的爆胎經驗中得知這件事。

「讓我看看。」

少年所騎的藍色Cub還很新，輪胎及煞車則比小熊的車還大了一圈。

那是送報用的Press Cub，引擎則是黑色的。這輛車採用了比小熊的Cub還新的燃油噴射系統。

小熊先是把立著的側腳架踢起，重新立起主腳架。她看向爆胎的後輪，發現已經完全扁掉了。胎面則看得到一個小小的金屬頭。

她戴著手套抽起金屬片，便順利拔掉了它。那是一根細小的木螺絲。常常騎在路邊

的輕型機車，不時會輾到這種東西。

小熊看著空氣已徹底漏光而扁掉的輪胎，詢問一臉擔心地在旁觀看的少年。

「你這顆輪胎之前也爆過嗎？」

Cub的輪胎，採用了會藉由內部封入的藥水，將爆胎處堵起來的雙層式內胎。照理來說，木螺絲這種程度的洞，應該會修復才是。

理論上雙層式內胎會在破洞的時候，於輪胎及其周遭濺出像是接著劑那樣的液體，可是也找不到這樣的痕跡。

「那個……我剛買來時就在家門前爆胎，那時是我爸爸幫我修好的。」

小熊明白了。當時他們並未使用雙層式內胎，而是更換為價格只有四分之一的普通內胎吧。她也是這麼做的。就外觀看來，那顆爆掉的輪胎空氣都漏光了，不過全新的輪胎還嵌在輪框上。

大致觀察完輪胎狀況的小熊，開口對少年說：

「前面一公里多的地方有腳踏車店。我會騎到那裡，你騎我的車跟上來。」

小熊只說了這句話，就踩發起少年的藍色Cub。雖然禮子曾說電子控制的Cub是垃圾，不過它的空轉聲卻比小熊的車要安靜。

見到少年戰戰兢兢地騎上她的Cub並發動引擎，小熊便騎著藍色Cub緩緩起步。

爆胎後推也推不動的Cub，只要斷然決定不修補內胎只更換，並以低速騎乘避免輪胎脫落的話，就能夠騎上一段距離。

小熊一邊留意輪胎和後照鏡，一邊騎在路邊。少年則是以小熊的車子跟上。明明同樣都是Cub，只是因為貨架上載有行李，他便騎得搖搖晃晃的。

小熊在不使輪胎承受負擔的狀況下，花了大約五分鐘騎到腳踏車店。她瞄了一眼停在後方，像是蕎麥麵店外送用的Cub後，才進入店裡。

這間店八成有在幫忙照顧附近居民工作用的Cub吧。

「不好意思，這輛輕機在那邊爆胎了。」

老闆瞥向Cub，而後面露難色。

「抱歉，我們現在沒有內胎的庫存。如果是平時，會擺Cub的在店裡就是了。」

小熊原本心想，倘若腳踏車店意圖把自己當成麻煩人物趕走，那麼就速速告退去尋找別間店；但她察覺這家腳踏車店看似有在銷售及修理輕機，當真為了缺貨而感到抱歉，因此並未作罷。

「只要借我工具就好。」

少年騎著小熊的車，晚了一步才來到腳踏車店前面。小熊從Cub後方的行李箱中拿出了備用內胎。那是為了應付在路上爆胎而放的。

小熊那輛基本款Cub所使用的內胎，也對應大一號的Press Cub輪胎。

看到內胎的腳踏車店老闆點點頭，走到店裡頭拿工具去了。小熊對跨坐在自己車上的少年說：

「八百圓。」

這是小熊在她家附近大賣場所購賣的內胎價格。少年依序看向小熊和老闆，最後再度望向小熊。他大概發現小熊並不是在開玩笑，於是從口袋裡拿出錢包，遞了八百圓給她。他的表情一副像是遭到勒索似的。

老闆手拿寫著「外借用」的工具箱說：

「如果是我們，光是修理爆胎就要索取三千圓喔。」

小熊感謝老闆的工具後便借用腳踏車店前面，開始拆卸少年的機車後輪。

Press Cub的後輪螺帽比普通的Cub大了一圈，且鎖得很緊。小熊用力踩下扳手鬆開螺帽後，傾斜著車身拆卸光是立起主腳架拆不掉的後輪。老闆見狀說道：

「小妹妹，妳很熟練呢。」

小熊在專心作業的同時，略帶了點苦笑回答：

「因為我爆胎過好多次了。」

老闆點點頭回到店裡去，可能單憑這句話他就了然於心了吧。

小熊動手要抬起沉重的輪胎，於是少年的手也伸了過來想幫忙一起抬。小熊看也不看少年一眼地說：

「你不要動手，在旁邊看。」

少年小聲地說了句「對不起」，遠離小熊身邊。

接著少年開始聊了起來。

「Cub很棒對吧。我看了影音網站上的Cub耐久測試後就想要了，所以請爸爸買給我。感覺它和其他輕機不一樣，好像生物似的。而且Press Cub看起來比普通Cub還專業對吧。」

小熊回覆少年的話語。

「你安靜點，我會分心。」

小熊拆掉輪胎和煞車四周的螺栓，再把從車體卸下的輪胎放置於地面，踩踏被稱作胎圈的輪胎邊緣，讓它脫離輪框。之後她再利用Cub所載的勺子型拆胎棒，把輪胎從輪

圈上取下。

如果像其他機車那樣，使用和汽車兼用的尖頭拆胎棒處理Cub的輪胎，那麼便會弄破內胎。小熊覺得這東西九成九在外頭借不到，所以才會把勺子型的拆胎棒放在車載工具的空間裡。

她從卸下的輪胎裡取出內胎並裝上新品後，對準輪胎標記和輪框的氣嘴孔位置，重新將輪胎嵌合上去。之後再灌風，確認是否有漏氣。

而後她再次把輪胎裝到車體上，並鎖緊輪軸和煞車附近的螺栓。

她又再度檢查輪胎有無漏氣，接著確認各個螺栓有沒有忘記鎖上的地方。

完工後，小熊拿抹布把工具擦乾淨才放回工具箱。她借用店門口的水龍頭拿肥皂洗手，向老闆道謝後歸還了工具。

「妳的手藝既快又仔細耶。要不要在我們店裡工作啊？」

「如果我搬到這邊來的話，我很樂意。」

她並不是在陪笑臉。這張笑容，是發自於知曉並共享相同辛苦的夥伴所擁有的愉悅心情。

小熊再一次向老闆道過謝，而後將手擱放坐在她的車上觀看作業流程的少年肩膀，再把他拉下來。

少年從車上被扯下來並往前傾倒，雙腳站都站不穩。憑他這副德性，當Cub在爛路或雪地打滑的時候，他也沒辦法站穩腳步吧。

小熊跨上自己的車，邊發動引擎邊說：

「爆胎修好了，再見。」

正想騎車離去的小熊，手臂被抓住了。那份力道甚至連貓的前腳都比不上。少年抓著小熊的手說：

「多虧了大姊姊我才得救。我想做點事情感謝妳。」

小熊甩開少年的手，同時說：

「內胎的錢我剛剛已經拿了。」

少年靠向小熊，開口說：

「我想和同樣是Cub騎士的妳聊聊Cub。若不嫌棄，可以讓我請妳吃頓午餐嗎？」

小熊維持引擎發動的狀態放下側腳架，而後走下了座墊。

明明對自己爆胎的機車無計可施，卻表露出無趣的色心。面對眼前這樣的少年，小熊賞了他比平時更冷漠許多的視線。

「聊聊Cub。如果是這樣，我有一件事要告訴你。」

小熊以皮革短靴的鞋尖，狠狠地踹了少年的膝蓋。

少年發出有如幼兒般的大喊，當場蹲了下去。小熊重新跨上機車並踢起腳架，而後踩入一檔說：

「騎Cub摔車可是會更痛的。」

小熊丟下哭哭啼啼地呻吟著的少年，逕自騎車離去了。

她不曉得自己為何會做出這種事。比起身體被超乎必要地碰觸，或明明在趕路卻被留住，「同樣是Cub騎士」這句話令她莫名地火大。

她自己也是受到許多人幫助，才得以繼續騎乘Cub。所以當她看到因為機車爆胎而困擾的人，便盡力提供了協助。但是，那個孩子把Cub當作在房間裡玩耍的玩具還什麼的，她不希望和這種人相提並論。

操縱著也能夠奪人性命的機械，成為用路人的一分子，和玩玩具不可同日而語。

小熊離開了御殿場的街道。她回到國道一三八號線往南騎，決定越過方才原本想避而不走的箱根山脈。

它再下去就是神奈川縣，和目的地鎌倉僅有咫尺之遙。

46 山嶺

離開御殿場的小熊，看向左手腕的電子錶。

上午由北杜自家出發騎到這裡，半路上還修理了其他人的Cub爆胎，但現在都還不到三點。

就地圖上看來，只要從這兒越過箱根抵達兩縣交界處並來到小田原，接下來就只要直直騎在筆直的沿海道路上即可。

多虧小熊憑著一本全國地圖和高速公路索取得到的道路地圖騎車到處跑，如今她光是看著地圖便能預估大致的騎乘時間了。

即使抓鬆一點，估計再兩個小時左右就能抵達教育旅行下榻地，小熊稍微思索起到達當地之後的事情。

預定接待教育旅行學生的旅館，會願意迎接比他們還早了幾個鐘頭，自行騎機車前來的學生嗎？

若是能早一步入住，享用旅館的茶點稍作休憩後洗個澡就好了。不過目前還不到辦

理住宿手續的時間，有可能會吃到冷冰冰的閉門羹。

如果事情變成那樣，就得找個地方打發時間了。難得騎車出遠門，卻要白白度過一段既無目的亦無樂趣的時光，實在令她不怎麼愉快。

從距離北杜自家最近的加油站騎到這兒大概是百餘公里。小熊原以為會在騎到鎌倉的路上耗盡的汽油，還剩下將近一半。

原本這趟機車旅行，目的在於追上教育旅行巴士並半途參加。她當初想說，趁同學們進行教育旅行第一天的預定計畫——亦即鎌倉寺廟巡禮的期間，享受自己的單人教育旅行。

當她尋思著這附近有沒有哪裡想去，或是吸引她注意的有趣之處而騎在路上時，小熊看見了箱根周遭幾間美術館的招牌。

她現在沒有心情欣賞美術品取樂，而且也不想到要花錢的地方。這樣的小熊在停紅燈時關掉了Cub的引擎並往路邊靠去，推車走過人行道後，直接騎上對向車道。

小熊往反方向折回了方才騎過的路，目的地則是眼前所見的高聳山峰。

既筆直又沒有斜坡的國道一三八號相當好騎，不過塞車狀況很嚴重。小熊騎這條路北上，花了約三十分鐘抵達目的地。

這裡是富士山須走登山口。只要直直騎在這條路上，就能到達五合目。禮子在這個夏天挑戰，眼看就要攻頂而不支力竭的這條路。小熊既然都放話說Cub爬得上去了，她想在順道繞路的同時，先稍微了解一下禮子所攀爬的這座山。

雖然富士宮的新五合目標高較高，但由於它位在富士天際線的終點，因此不但要付費，輕機還不能進去。這兒則是免費的。

小熊經由須走的小規模市鎮，開始挑戰登山道。

她騎在傾斜的坡道上，左手邊是陸上自衛隊富士學校。

坡道的阻力令Cub失速，只騎得出五十多公里的速度；不過她依然順利騎在這條鋪得很漂亮，又鮮少看見其他車輛的路上。

這點程度的路，Cub應該能輕鬆騎上去吧——心中如是想的小熊，注意到車速愈來愈慢了。

和街上的陡坡不同，四周全都傾斜著且沒有東西做比較的山路，騎乘的時候不會注意到坡度，但這裡似乎相當陡峭。當Cub的速度掉到三十公里時，小熊將檔位從最高的三檔降到了二檔。

路標告知她已經抵達三合目後，道路就漸漸變得九彎十八拐，幾乎沒有直線。維持二檔而嘈雜不已的Cub引擎發出了噪音，之後又再度失速。

在四合目前方，小熊將檔位降到只有起步時會使用的一檔。Cub以人類小跑步般的速度勉強前進著。

不知不覺間，小熊像是與機車引擎有所共鳴似的氣喘吁吁。明明只是在涼爽的高地轉動油門，卻流下了汗來。

她心想：終於來到一檔也上不去的極限了嗎？我會半途夾著尾巴溜走嗎？小熊回想起禮子說的話。她說Cub的一檔，是為了攀爬全日本所有坡道而存在的。

她曾經聽過，有人騎著越野車爬完險峻的山路後，結果發現當地採山菜的老爺爺卻是騎Cub來的。在尾道或長崎這種坡道之鎮，有民宅位於汽車也爬不上去的險坡之上。送貨的Cub似乎每天都會到這種地方去。

小熊相信Cub的引擎、車體和一檔，慢如爬行似的騎著。盡頭總算慢慢浮現了。左右兩邊的森林中斷後使得視野一亮，Cub抵達須走道的終點了。

小熊把車子停在停車場，脫下安全帽做了一口深呼吸。她走下車，在四周散步。即使想俯瞰眼下風景，卻因為雲層而看不清楚。比起那個，當小熊見到地面被暗灰色的細小石頭所覆蓋時，看慣了關東甲信越地區紅土的她，覺得有種來到高地的實際感受。

喝了口茶稍作休憩的小熊，發動機車引擎，折回來時路。

小熊在離開停車場之前，轉頭望向後方。那兒有步行登山道的入口，以及一旁的推土機登山道。這些都是通往富士山頂的道路。

看著禮子騎過的路，小熊心想下次來到這裡時，她要爬得更高。

「今天就先這樣放你一馬。」

自己逞強說出口的自言自語，讓她笑了出來。

下坡和去程截然不同，十分好騎。她吞了許多次口水，抑制因氣壓差異而刺耳的疼痛，同時騎下山去。

回到國道的小熊，再次經由御殿場市區前往箱根山脈。

一直到剛才都還為騎乘山路感到緊張的她，如今再也不怕了。

47 越境

進入山裡，小熊隨即注意到空氣的不同。

走國道一三八號線通過御殿場，進到箱根的山岳地帶不久後就跨過縣境的小熊，身體感覺到它和過去騎車所熟悉的當地山脈之差異。

縱使氣溫或濕度相同，南阿爾卑斯山的空氣既堅硬又冰冷，而箱根則是有種柔軟的微溫感。

會是因為靠近海邊嗎？小熊心想。明明和南阿爾卑斯不過差了數十公里，空氣卻會變得不一樣，真是令人感到奇妙。

從前小熊曾經搭電車到其他縣市好幾次，但她是初次察覺空氣的差異。輕型機車的安全和舒適度會因天候而大幅改變。縱使不願意，也會變得對天氣或空氣敏感。

小熊尋思著：還沒去過的其他山脈，空氣會是怎樣的呢？主要基於荷包的問題，她目前未能提起勁積極地造訪日本各地。不過這趟旅行結束後，或許這個想法會稍稍有些改變。

這裡的道路鋪得很好，坡度憑Cub的爬坡性能也不會感到勉強。沒有無謂地逼車的卡車，彎道的曲率也只要稍微壓車便能應付，可說是十分舒適的騎車環境。小熊以中規中矩的速度，享受連續彎道上的騎乘。

半路上，有一群鮮紅的大型重機團接連超了她的車。那些人就連身上穿的衣服都相同，是寫著廠商名稱的紅色夾克。

以前小熊曾聽禮子說過，箱根對機車車主俱樂部而言像是聖地一樣的場所，相當盛行騎車兜風等活動。

像Cub這樣的工作用車，也會有什麼車主俱樂部嗎？小熊抱持著疑問。倘若有那種東西的話，自己是否要加入呢？她如此思索，不過一想像自己和其他車主穿著相同衣服騎車的模樣，她便打消了念頭。

先前騎乘而來的國道換了個名字，小熊進入了國道一號線。

據說這一帶過去有箱根的關隘。在往昔的日本，要未經許可跨藩移動似乎得賭命，但他們如果有買Super Cub的話，要脫藩肯定是小菜一碟吧。一思及此，小熊那吃完早飯後過了好一陣子的肚子便叫了起來。但填飽肚子，是抵達目的地旅館之後的樂趣。

四周有著櫛比鱗次的溫泉旅館。她希望有一天賺到即使騎著Cub出門，也足以輕鬆住在這種旅館並享受美食及溫泉的錢。當她這麼想時，便思考著「假如我的經濟不再那麼困難的時候，會騎著什麼樣的車呢」。

就算未來成了大富翁，自己八成也還是在騎Cub吧。與其說是愛情或執著，倒像是「縱然經濟狀況改變，人的本性也沒那麼容易轉變」這種類似死心的想法。Cub的速度最適合她了。就算有了錢，換過車子及房子，也沒辦法砍掉自己的雙腳換掉它。

即使想像這麼多，她現在也只是個前往教育旅行旅館的人，而且連能不能住都不曉得。小熊側眼瞄向奢華的旅館，同時騎著車。

小熊追上了開在前方的大型黑頭車。

Cub平時在車流速度快的郊外國道，總是會被其他車輛逼車或超車。但前面這輛黑頭車卻以比小熊還慢了點的行駛速度，徘徊在溫泉街上。

對龜速車心浮氣躁也沒用，因此小熊保持車間距離的同時，觀察著它打發時間。

黑頭車感覺像是在找什麼似的，每當通過溫泉旅館前面便會減速，駕駛得相當不穩定。車輛後座則坐了一名白髮男子。

小熊猜想，會是東京的實業家或政治家來靜養嗎？她曾聽說過，這種重要人物所住的旅館會為了保護客人的隱私，而不在網路地圖或導航系統上揭露位置。

黑頭車看似找到了目標，稍微有點突然地停下車後，打了左方向燈拐進通往山中的小徑去了。

人在後方的小熊，也被迫用Cub那尺寸不怎麼大的煞車急煞。她忍不住狠瞪著往山路去的黑頭車。

小熊認為，果然還是不該在飢餓狀態下騎車。一點小事情都會令人火上心頭。

壯年男子坐在昂貴的黑頭車裡，前往豪華旅館。他的荷包鐵定要比小熊還厚上幾百倍吧。

「不過，我騎在優秀許多的機械上頭。」

小熊低聲喃喃著既像逞強又像嘴硬的話語，同時騎在箱根登山鐵路沿線的國道上，穿過山岳地帶抵達海邊。

接下來只要望著海往東邊騎，就會到鎌倉了。

跨越箱根山脈來到小田原，小熊暫且將Cub停放在路旁的超商前面。

為了預防脫水症狀而不時飲用的寶特瓶裝茶水慢慢要見底了，因此小熊決定稍喘口氣，兼重新確認路線。

感覺茶水的消耗量要比平時來得大。小熊認為，這一定是因為通過了富士山五合目和箱根這些高地後，水分變成汗水或呼息排出體外的關係。

她在超商買了紙盒裝的冰涼茉莉花茶，喝了一口後便裝進寶特瓶裡。因為她有放在百圓商店的保冷袋裡，照理說應該還可以維持數小時的低溫。

小熊邊喝著瓶子裡的茶，同時打開全國地圖。她目前所在位置是國道一號線的小田原。只要直直騎在國道上，就會到鎌倉了。

由於全國地圖上頭也記載了主要都市的市區圖，她便打開鎌倉的頁面，確認目的地旅館的大致位置。

小熊將手伸進旅行包裡拿出教育旅行手冊，憑著隨手冊附錄的下榻旅館導覽來記憶地圖及建築物外觀。

辦完事的小熊將保冷袋掛在超商塑膠袋用的掛鉤上，而後把地圖收在後箱裡，再發動機車引擎騎了出去。

在地圖上是沿海道路的一號線，與小熊的想像相反，是一條周遭被建築物所圍繞的幹道。

雖為東西交通要道，路寬卻很狹窄的國道兩旁，林立著商業設施和住宅，海洋僅能時而從建築物之間的縫隙中窺見。

和海洋一塊兒映入眼簾的，是與國道一號線平行的西湘外環道路。那是條Cub無法通行的收費道路。

能夠在那條建造於沙灘上的高架道路享受眼前遼闊海洋美景的，就只有開車或騎乘大型重機，並且付了過路費的人。儘管小熊有些忿忿不平，但她忽地看向自己的車，心想：這輛Cub真的無法通過嗎？

小熊已經持有中型機車駕照了。這輛車也在禮子的協助下提升排氣量，從第一種輕機變更登載為第二種了。

如果再換上更大一圈的引擎進行登錄變更，說不定騎著Cub上收費道路也並非不可能的事。

不曉得做不做得到？問問看禮子好了——一思及此，小熊的情緒就亢奮了起來。如此轉念一想後，她便開始認為，這條和西湘外環道路相比顯得很煞風景的國道一號線景致，哪天開始在高速公路上移動後就再也看不到了，是屬於當下才能享受的風光。

幹道沿線有著開在路邊的店舖，以及新舊交雜的住宅區。海產店和加工廠則像是一時興起似的存在其中。就在小熊眺望著國道一號線，那西湘特有的沿海風情若有似無的

景致而騎著的時候，Cub便來到了平塚。

道路在此出現了兩條分岔。一條是偏湘南內陸地區的國道一號線，另一條則是通過海邊的國道一三四號線。

旅館就位在從沿海道路跨越一座鎌倉的山脈之處，走一號線的距離會比較短。而且就地圖看來，這條路避開了市區，車流感覺也會較為順暢。如果要早點到達目的地，那麼就該選一號線了吧。

小熊在不怎麼迷惘的狀況下，騎進了沿海的一三四號線。

剛剛她才見到了付費的海岸道路而好生羨慕。既然有能夠免費看海騎車的路線，豈有不騎的道理。

倘若要盡可能充滿效率地騎在距離最短且安全的道路上，那麼她打從一開始就不會騎車追著教育旅行團來了。

對鎌倉古寺沒興趣的禮子曾說，她想在教育旅行時去看看湘南的海岸道路。假如小熊跟她說自己捷足先登了，禮子會露出什麼樣的表情呢？

小熊在海風的包圍下，騎在看得見大海的路上。

換句話說，她便是來做這種事情的。

48 抵達

通過湘南沿海的國道一三四號，整條路簡直就像遊樂園一樣。

這條路可以聽著浪濤聲騎乘。道路靠海的那邊有防風林和沙灘，靠陸地這邊則是連綿著裝飾過頭的建築物。

有白色的石造咖啡廳，和塗成水藍色的木造衝浪板用品店。無論哪一棟房子，看起來都不像是基於居住這個實用的目的，而是居民為了自豪「住在湘南」這件事，卯足全力地精心妝點。

若非如此，或許根本沒辦法住在海風會令機械鏽蝕，災害風險也很高的海邊吧。小熊回想起家鄉北杜市裡為數眾多的木屋別墅。

有許多人特地住在不見得符合日本氣候，價格及保養成本又比組合屋還貴的圓木小屋裡。他們為了獲得「住在山裡」的實際感受，而付出了相對的代價。

和裝飾自己住家一事無緣的小熊，親眼見到排列於湘南的建築物後，並不覺得那樣子愚蠢透頂。

倘若自己找到了一個哪天想定居的地方，或許也會演出這樣的生活。比方說像這些湘南的房子一樣。

不論是沒有物理性功能的白色牆壁，或是用不到的花園門廊，如果擁有它們變成了回家的樂趣，那麼就算是求漿得酒了。

小熊騎乘極具功能性的Cub，穿梭在滿是裝飾的街上。過了湘南大橋後，她在接近七里濱的地方停下了車。

她不久前才休息過，而且就錶上的時間看來，直接騎下去應該就會在恰恰好的時間到達目的地，但小熊不由自主地想在如此漂亮的地方眺望Cub。

小熊將靠在路旁的Cub騎上走道，再把車子停放在海水浴場入口附近，零星停有腳踏車和輕機的地方。她立起腳架，側坐在Cub的座墊上。

一脫下安全帽，海風便吹拂著她的妹妹頭。有股海水的腥味。由於底下的地面沙沙作響，小熊一看才發現，原來是沙灘的沙子在柏油路上積了薄薄一層。

儘管海水浴的季節已經告終，海上還是有頗多穿著潛水服的衝浪者。周遭停放的腳踏車當中，也有幾輛裝設著運載衝浪板的貨架。

小熊喝著先前掛在掛鉤上的寶特瓶茶水，同時眺望著大海好一陣子。但她似乎感受性不夠，看到一成不變的自然風景並不會受到療癒，漸漸開始覺得無聊了。

她回過頭望向沿海道路。路上來往的雖是當地極其普通的車輛，可是看到敞篷車的頻率要比其他道路來得高，感覺舊款進口車和興趣導向的車輛經常出現。

曬得一片黝黑的少年少女踩著裝載了衝浪板的腳踏車，從小熊的面前經過。遠方看得見江之電鐵路和位於大海正前方的高中校舍。

假如在這種地方度過高中生活，自己會變得怎麼樣呢——小熊如此心想，但覺得自己果然還是會騎著Cub吧。

小熊看向手錶，發現已經快到教育旅行手冊上頭所寫的巴士抵達時間了。於是她戴起安全帽，發動車子的引擎。

她騎著Cub來到國道，聽著潮水來來去去的聲音，沿著七里濱而行。

小熊吸著海風，望向依然美輪美奐的建築物，以及穿著像是祭典盛裝般的潛水服和夏威夷襯衫的行人，通過了腰越的小漁港。

一度被鑿開的山壁所遮蔽的視野明朗起來，沙灘又再度出現。小熊騎到沙灘的終點後，左轉而去。

從大海筆直延伸而出的道路騎了兩公里左右就是鎌倉了。她遵照看過地圖時的記

憶，於盡頭的鶴岡八幡宮左轉，稍稍爬上坡道後，要找的旅館馬上就出現在眼前了。

小熊打了方向燈進入旅館腹地之後，由道路反方向開來的觀光巴士就像是跟著她的腳步似的，右轉進入旅館的前庭。

她看到巴士裡的乘客指著自己和Cub。為了避免妨礙到人家，小熊往前庭的邊緣靠去，接連好幾輛駛入的巴士便停在旅館正面玄關前。

巴士車門開啟後，一名身穿制服的長髮乘客便從裡頭走出。她直直地往小熊這邊趕來。小熊稍稍舉起手，向對方打招呼。

「真虧妳騎到這兒來了呢。」

「嗯。」

禮子慰勞般的敲了敲小熊的肩膀，之後輕撫Cub的車身。

在禮子的斡旋之下，騎車到旅館的小熊也被認可半路參加教育旅行，能夠安頓在旅館的房間裡了。

老師訓了一頓做出可謂胡來之舉的小熊，並吩咐她在教育旅行期間要請旅館保管車子，回程則是要以陸地託運載送機車，自己搭乘巴士。

小熊活力十足地回了聲：「是！」

但就算如此，她也不見得會乖乖聽話。
小熊和禮子交換了眼神，彼此偷笑著。

49 雙載

被認可和教育旅行團會合的小熊，與其他搭乘巴士並幾乎和Cub同時抵達的學生，一塊兒落腳在旅館中的一間房裡。

以公立高中的學校活動來說，旅館相當高級。在散發著高雅木質香氣的和室裡，小熊坐在榻榻米上頭。

她從自家騎了一段幾乎把Cub的油料耗光光的距離，總覺得引擎的震動還殘留在身上。屁股也磨破了皮，導致有點痛。

房裡的成員有小熊和禮子，以及沒有特別講過話的兩名同學。這對二人組似乎成天膩在一起，她們並未找小熊或禮子聊天，都在玩手機。

由於禮子泡了茶來，小熊便放鬆地伸出雙腿坐在榻榻米上，拿起桌上放置的茶點。看著要好二人組的小熊，轉而望向了禮子。儘管她並沒有兩人感情特別好的意識，不過同樣身為Cub的車主，她們似乎共享了更重要的事物。

禮子拿著茶壺，凝視著小熊。小熊知道她想說什麼。是想問從北杜到鎌倉這段機車旅程中發生了什麼事吧。小熊把視線從禮子身上移開，手伸進自己的旅行包裡說：

「我們去泡澡吧。」

禮子也打開了自己的包包，拿出毛巾和換洗衣物回應：

「走吧！」

她確實是有些事可以聊。

小熊在旅館澡堂療癒了長距離移動的疲憊，並享用著望眼欲穿的晚餐。禮子從小熊那兒聽說了，她在御殿場幫助了一名因機車爆胎而傷腦筋的少年，還有之後拒絕邀約的事情後，笑到滿地打滾。

吃完一頓豪華晚餐，回到房裡的小熊與禮子鋪了棉被後，還在繼續聊。由於她們倆聊得實在太開心，同房的兩人也湊了過來。雖然她們並沒有騎機車，不過好像很有興趣的樣子。

小熊和禮子以機車騎士的身分告訴兩人許多事。像是那段有如寶石般珍貴的時間，還有為了獲得它所必須處理的各種麻煩事。她們的表情，看不出來究竟有沒有興致。

在和家裡截然不同的上好被褥裡，小熊在旅行的疲勞和幸福的飽足感包覆之下，香甜地睡到了隔天早上。今天是教育旅行預定之中的自由活動日，她們要遵照事前自己規

劃並提交給老師的計畫表，四處參訪鄰近寺廟和名勝。

小熊和禮子所交出去的，可謂模範計畫表。內容是搭乘江之電，參觀以長谷大佛為首的鐮倉名勝。當老師和她們再次確認行動預定計畫時，兩人皆偷瞄對方若無其事的表情，按捺著笑意。

一度步行走出旅館的她們，直接繞了建築物半圈，由後方進入旅館腹地。那裡是工作人員用的腳踏車停車場。小熊的Cub就停放在這兒。

老師要她在教育旅行期間，把車子交給旅館保管。但老師並未宣告有什麼懲罰。就算運氣不好被發現了，頂多也只是算她缺席旅行罷了。

這樣子就跟冒著被老師發現，並且被趕出旅行地的風險，半夜潛入女生房間的男生一樣呢——小熊內心雖這麼想，但這肯定比男女之間彼此渴求的念頭要來得棘手。

禮子從旅行包中拿出一頂滑板用的安全帽，不曉得那是從哪兒弄來的。小熊先跟旅館相關人士打過招呼，以免他們以為車子遭竊而引發騷動。

禮子拿出Cub的車載工具，由貨架上拆掉只用了四根螺絲鎖上的後行李箱，再從蓋子打開的箱子裡取出安全帽拋給小熊。小熊接過帽子並戴在頭上後，再戴上接著飛過來的黃色皮革手套。

小熊發動車子的引擎，禮子則是跨上貨架。稍微暖車後，雙載的Cub便出發了。說要在自由活動日騎車出去看看的人是禮子。雖然小熊說負重會讓離合器磨損，可是禮子告訴她，單買離合器蹄片這個零件的話花不到兩千圓，到時候還會幫她組裝。至此小熊就沒理由推辭了。但她原本打從一開始也沒有拒絕的意思。

法律禁止取得普通重型駕照未滿一年的人雙載。事到如今小熊才回憶起這件在駕訓班學到的事，不過她判斷這並非需要優先解決的問題，因此決定置之不理。

目前由Cub所帶給小熊的生活，就憑區區交通罰鍰是無法讓它產生動搖的。小熊和Cub的關係，不會因為騎在路上遲早被開的一張藍色罰單而改變吧。

比起那些枝微末節之事，小熊察覺到禮子有什麼重要的話要告訴她。

50 我的Cub

Cub後面載著以女生來說很高挑的禮子，儘管起步很緩慢，不過速度上了軌道後，騎起來便意外順利。

清晨送報的Cub，每天早上都載著看起來更重的一捆報紙到處跑。載一個女孩子對Cub而言，沒什麼大不了的吧。

她們倆並未決定目的或去處，但小熊往來時路的反方向——鎌倉的山脈騎去。

自從騎車離開旅館後，禮子一直悶不吭聲。小熊也不發一語地沿著海邊騎。要排除掉讓禮子欲言又止的那道屏障，最好是到能夠聽見彼此和Cub聲音的地方。

雖然來到這兒之前所見到的湘南海洋十分美麗，不過小熊和禮子都住在北杜的山裡頭，被森林樹木的聲音包圍果然還是比較平靜。

Cub輕快地馳騁在鎌倉北部的朝比奈嶺。抓著小熊的背，傾聽Cub聲音的禮子，在她耳邊開口說道：

「我的Cub好像已經完蛋了。」

禮子所騎乘的，是郵務專用車種ＭＤ90Cub。自從暑假那時挑戰富士山以來，除了上學之外，禮子騎車的機會變少了。這點小熊也有注意到。

「引擎、電系和懸吊都毀了，還有車架也裂了。」

那只是藉口吧。靠禮子家那些設備和零件，很容易就能重新組好一輛Cub。郵政Cub的車體難以獲得，但零件也和一般Cub一樣有在市面上流通。即使如此禮子依然說出「完蛋了」，是因為她對現在這輛車的感情結束了。

「所以我想說買一輛新的Cub。我認識的店家說有在賣ＣＴ呢。」

禮子的嗓音忽然變得雀躍。那是嶄新邂逅的瞬間，機車騎士會在生涯當中體驗許多次。小熊也有經驗過。就是幾個月前，在中古機車行前面發生的事。

「ＣＴ是指Hunter Cub對吧？那輛騎山路用的Cub。」

「是呀。它終於停產，也沒有新車庫存了。明明目前國外還是有需要呢。」

打從小熊開始騎Cub之後，她的目光會自然而然地追著有Cub出現的刊物走。

小熊知道，ＣＴ一一〇這輛外銷版的越野Cub被稱作農用機車，在世界各國的農林畜牧業活躍著。而且連偏鄉的郵務相關人士、山岳搜救隊和掃雷隊都是它的愛用者。

數年前Cub九〇被更換為海外生產的新型一一〇，五〇的款式也換新車體後，採用舊型車體的Hunter Cub便遭到停產了。

「有出新的Cross Cub。」

「妳以為那種休閒用的機車，當得了CT的接班人嗎？Cub是世上性能最棒的農用機車時代，要結束了啦。」

小熊認為，禮子雖然是個經驗和技巧都高過自己的Cub車主，可是看車子的角度有點太多愁善感了。她固執地不肯面對機械會進化，並成為全新的優秀產品一事。

不過，透過Cub和禮子結識的小熊，也曉得她在別開目光的同時，以一副頗為在意的模樣不時偷瞄新的Cub。或許再過幾年後，禮子就會去騎她原本討厭的新型Cub了。

小熊並非把車子當成珍惜的布娃娃，而是每天輕鬆隨意使用的工具。禮子對待Cub的方式，和小熊不一樣。車主間的這種差異，肯定和Cub的數量成正比。

這個相異之處，說不定今後會慢慢改變。無論是小熊或禮子皆然。

最起碼小熊開始騎機車後，學到了「最新的東西不見得最好」這件事。

總之小熊只將內心所感說出口——也就是無論今後自己的立場和心境發生什麼樣的變化，她依然不會也不想改變的事情。

「只要好好珍惜自己的Cub就行了。」

笑聲由後方傳來。禮子以手掌拍打著小熊的車。

「說得也是！畢竟它是Cub嘛。再過十年也鐵定不會缺料，可以一直騎下去。」

「是這樣嗎？」

小熊開始覺得，或許五十年甚至一百年後的世界，Super Cub也同樣會馳騁在街上送報紙、郵件或餐點，載著外務員、警察、農民或是年輕人奔馳。

「如果妳買了Hunter Cub，再來載我。」

「等我馴完車之後吧。收到車子後，我要先花點時間好好來騎它。」

小熊的Cub，載著她們倆跑著。

往後這輛車，肯定也會和小熊的珍愛事物一起，不斷騎到她想去的地方。

HONDA Super Cub。

從一九五八年上市之後，它便以一輛擁有傑出性能的小型機車身分，活躍在世界各地。其總生產數，即將到達一億輛。

小熊的青春，便是Super Cub所催生的一億個故事其中之一。

後記

衷心感謝各位讀者購買這部作品。

我想來寫我跟這部作品的主題——亦即Super Cub之間的關係，來代替正文後記。

我和Super Cub的相遇是很久以前的事情了。當我剛上小學不久的時候，父親騎著Super Cub載過我好多次。

在寒天之下，父親騎車時以大衣保護著人在前面的我，令我印象莫名地深刻。我還記得當時心想：騎機車好冷喔，還是開車比較好耶。

之後Super Cub便從家裡消失了。日前我問了父親，結果他說車子原本就是人家送的，後來又給別人了。

在那之後時光流逝，我就跟一般年輕男孩一樣對機車產生興趣，於是滿十六歲就立刻去考取駕照了。當初我第一輛車，是姊姊給我的山葉速克達。

後來幾年我換騎了仿賽型機車後，有陣子不再騎車。但由於生活環境和職場變化，利用汽車或徒步移動變得有些不方便，我正想著希望有一輛輕機時，便和Super Cub重逢

了。

我藉由門路，成功以意想不到的便宜價格獲得了一輛幾乎全新的Press Cub。日後它便成了提供我便利及娛樂的工具，大為活躍。

雖是通勤或外出辦事一個非常方便的交通工具，回程時卻會令人忍不住漫無目的地四處騎乘──Cub就是這樣的東西。

Cub帶給我的事物還有一個。那就是我抱著「如果是Cub的事情，靠著積累的小知識，要多少我都寫得出來」的心態所完成的小說，獲得了出乎意料的好評，甚至還製作成實體書了。

撰寫這段後記時，我仍然非常期待在書店陳列的文庫書裡，發現一部書背上的書名寫著《本田小狼與我》的作品。

我家離書店有點距離，不過完全不成問題。因為我擁有Cub。

買來十多年後，我的Cub騎了將近七萬公里。儘管有幾個地方令我介意──像是感覺馬上就要壽終正寢的離合器、就快到第三次更換時期的後胎，還有運作得很僵硬的前叉──但它如今依然是我的一部分。

最後，本作品製作實體書時給予大力協助的幾位人士：Sneaker文庫編輯部的W編輯、繪製的插圖極其美麗又細緻的博老師，以及欣然允諾各種許可案的本田技研工業高山先生，我要借用此處向各位致上由衷的謝意。

等到了夏天後，要不要來買輛狀況好的中古Cub九〇，現在的Press Cub就拆掉拿來當成備料呢？

トネ・コーケン

國家圖書館出版品預行編目資料

本田小狼與我 / トネ・コーケン作 ; uncle wei譯. -- 初版. -- 臺北市 : 臺灣角川, 2019.03-
冊 ;　公分
譯自 : スーパーカブ
ISBN 978-957-564-814-5(第1冊 : 平裝)

861.57　　108000475

Kadokawa
Fantastic
Novels

本田小狼與我 1

（原著名：スーパーカブ 1）

2019年3月13日　初版第1刷發行
2021年6月30日　初版第2刷發行

作　者：トネ・コーケン
插　畫：博
譯　者：uncle wei

發行人：岩崎剛人
總編輯：蔡佩芬
美術設計：莊捷寧
印　務：李明修（主任）、張加恩（主任）、張凱棋

發行所：台灣角川股份有限公司
地　址：105台北市光復北路11巷44號5樓
電　話：（02）2747-2433
傳　真：（02）2747-2558
網　址：http://www.kadokawa.com.tw
劃撥帳戶：台灣角川股份有限公司
劃撥帳號：19487412
法律顧問：有澤法律事務所
製　版：巨茂科技印刷有限公司
ISBN：978-957-564-814-5